소설가의 귓속말

* 이 도서의 국립중앙도서관 출판예정도서목록(CIP)은 서지정보유통지원시스템 홈페이지(http://seoji.nl.go.kr)와 국가자료공동목록시스템(http://www.nl.go.kr/kolisnet)에서 이용하실 수 있습니다. (CIP제어번호: CIP2020011630)

소설가의 귓속말

이승우 지음

은행나무

차례

7 웅크리고 앉은 큰 개와 내가 빠진 웅덩이

19 '—체하기'와 혼잣말

28 자화상을 그리는 일

41 발 있는 자는 걸어라

45 산천이 아니라 사람

52 아무리 완전하게 써도

64 손을 잡는다는 것

76 쓸 수 있는 글

88 나는 나 외에 아무도 대표하지 않는다

93 시간과 체력과 돈과 인내, 그리고

97 보여주려고 한 것과 보여준 것과 본 것

107 사람들은 자기 집에 무엇이 있는지도 모른다

112 귓속말을 하는 황제와 사신
— 카프카의 〈황제의 전갈〉을 읽으며

125 푸네스처럼 새롭게

138 보르헤스와 류노스케를 읽으며

155 쓰이지 않은 소설의 독자

160 실존의 딜레마에 대한 질문

165 소설쓰기의 영광

171 그 다음은?

175 소설 속에는 소설가가 있다

180 댈러웨이 부인의 런던

190 세계의 독자를 염두에 두고?

205 번역되지 않는 것들

209 소비자를 가장한 독자

219 회사라는 권력 아래 비-인간

224 격렬하게 아무것도 안 하고 싶다

웅크리고 앉은 큰 개와 내가 빠진 웅덩이

0

한적한 길을 걷다가 길 한복판에 웅크리고 있는 큰 개를 만나면 머리끝이 쭈뼛 솟는다. 길 한복판에 웅크리고 앉아 있는 덩치 큰 개는 두려움을 상징하는 이미지로 손색이 없다. 개가 아무 행동도 하지 않아도, 그저 물끄러미 쳐다보는 것만으로도 내가 가는, 가야 하는 길 한복판을 차지하고 있는 개는 두려움의 대상이 된다. 낮은 소리로, 흡사 내장 깊은 데서 무엇을 끌어올리기라도 하는 것처럼 으르렁거리기라도 하면 발이 땅바닥에 달라붙는 것 같아 움직이지 못한다. 실제로 나는 어린 시절에 사납게 짖어대는 개를 피해 먼 길을 돌아 학교에 다닌 기억이 있다. 개에게 종아리를 물린 기억도 있다. 어쩌자고 시골 사람들은 개를 묶어놓을 생각을 하지 않았던 것인지. 개들이 아이들을 향해 으르렁거리고 쫓아다니고 물고, 아이들은 개들을 피해 도망다니고 울고 물리고 했다. 길 한복판에 웅크리고 있는 한 마리 개의 이미지는 내 공포의 인자(因子)이다.

그렇지만 길 한복판에 웅크리고 있는 개는, 물지도 않고 쫓아오지도 않는데도 왜 두려운가. 물 수 있고 쫓아올 수 있기 때문이다. 개는 무는 동물이 아니라 물 수도 있는 동물이다. 물 수 있기 때문에 대비해야 하는데, 어떨 때 물고 언제 물고 왜 물고 어떻게 무는지 모르기 때문에 대비할 수 없다. 그 개에 대해 내가 아는 것은 알 수 없다는 것이다. 물 수 있고 쫓아올 수 있는 것들은 물지 않고 쫓아오지 않을 때도 무섭다. 사납기 때문만이 아니라 예측할 수 없기 때문이다. 예측이 불가능한 위협 앞에서 몸은 저절로 움츠러들고 뻣뻣해진다.

예측할 수 없는 사람, 어떤 짓을 언제 어떻게 왜 할지 모르는 사람은 길 한복판에 웅크리고 앉아 있는 개와 같다. 무서운 사람은 나쁜 사람이 아니라 알 수 없는 사람이다. 때때로 술(이나 마약이나 이념이나 종교나 사랑)에 취한 어떤 사람(들)은 무섭다.

0

술을 마시고 한 말도 당신이 한 말이다. 흥분해서 한 행동도 당신이 한 행동이다. 그것이 무엇이든, 마약이든 이념이든 사랑이든 취해서 한 말과 행동도 당신이 한 것이다. 엉겁결에 한 말이나 행동도, 치밀한 계산과 기획 아래 한 말이나 행동과 마찬가지로, 아니 그보다 더 당신이 한 말이고 행동이다. 이 사실을 부정해선 안 된다.

0

사람이 사람에 대해 하는 모든 말은 결국 자기에 대한 것이다. 자기에 대해 말하지 않으면서 사람에 대해 말할 수 있는 방법은 없다. 타인이 어떤 사람인지 말할 때 말해지는 것은 타인이 누구인지보다 자기 자신이 누구인지이다. 타인의 삶이, 전달하는 사람에 의해 달라지는 것은 그 때문이다. 자기를 말하기 위해 타인의 삶을 선택해서 전달하기도 한다. 자기를 말하기 위해 수많은 타인들 가운데 특정한 타인의 삶을 선택하고, 그 타인의 삶 가운데 특정한 부분을 선택한다. 동조하기 위해서든 비판하기 위해서든 그렇게 한다. 자기에 대해 말하지 않으면서 사람에 대해 말할 수 있는 이가 있다면, 그는 사람이 아닐 것이다. 이를테면 신일 것이다.

그러니까 사람에 대해 무슨 말인가를 하려는 사람은, 무엇보다 자기 자신을 잘 들여다보아야 한다. 아니, 그것 말고 다른 방법이 없다. 사람이 무엇인지 말하는 장르인 소설은 소설가 자신을 파헤치는 것을 피할 수 없다. 소설을 쓰는 것은

'거꾸로 하는 스트립쇼'라고 마리오 바르가스 요사는 말했다. 알몸으로 무대에 등장했다가 한 겹씩 옷을 챙겨 입는 것이 소설쓰기라는 설명이다. 그는 소설가가 자기 자신을 파먹는 존재라는 표현도 썼다. 이 스트리퍼가 하나씩 걸쳐 입는 옷들은 그의 알몸을 가리는 대신 그의 알몸이 거기 있음을 가리킨다. 역설이다. 가리기 위해서 입지만 가리키기 위해서도 입는 것이 옷이다. 몸이 없으면 옷을 입을 수 없다. 효과적으로 알몸을 가리는 옷들은 효과적으로 알몸을 가리킨다. 전시나 과시의 욕구 때문이 아니라 그것 말고는 다른 길이 없기 때문에 소설가들은 자기 자신을 소재로 삼아 글을 쓴다.

0

자연 상태에서 벗어나려는 문화적 욕망을 가진 유일한 존재가 사람이다. 인류의 시작에 대해 말하고 있는 책인 창세기는 창조주가 창조된 생물들 중 오직 사람에게만 (자연인) 땅을 경작하고 다스릴 권한과 책임을 주었다고 기록하고 있다. 사람이 만들어지기 전에 창조된 식물과 동물들은 인간이 경작하고 관리해야 할 자연의 일부로 간주된다.("바다의 물고기와 하늘의 새와 땅에 움직이는 모든 생물을 다스리라.") 땅(자연)을 그대로 두지 말고 인공적으로 바꾸라는 이 요구는 땅(자연)의 본래 상태(본능)에 맞춰 살지 말고 다르게 살라는 지시로 이해된다. 다른 삶을 살기 위해 필요한 것은 의도, 혹은 욕망. 사람은 땅을 떠나 다른 존재가 된다, 되어야 한다. 전통신학은 이 본문에서 창조주의, 인간을 향한 문화명령을 읽어냈다. 문화가 사람(됨)의 조건이 되는 셈이다. 사람은 문화적 존재로 임명되었다. 사람은 다른 생명체들과는 달리 본능에 소속된 존재가 아니게 되었다. 땅으로부터 나왔으므로 자연의 일부지만, 그러나 자연을 벗어났으므로(벗어나야 하므로) 자연에 예속되지 않는, 예속되어서는 안 되는 존재이다. 자연의 본능은 문화의 욕망으로 대체된다.

사람이 복잡해지고 알 수 없는 자가 된 것은 자연적 존재의 본능 대신 문화적 존재의 욕망을 택한 결과가 아닐까. 본능과는 달리 욕망은 단순하지 않고 종잡을 수 없고 쉽게 파악되지 않는다. 욕망은 하나가 아니고 복잡하고 변덕스럽고 정해진 방향이 없다. 좌충우돌과 회오리가 욕망의 행동 방식이다. 정해져 있지 않으므로 예측할 수 없다. 자연적 존재의 본능 대신 욕망을 택했기 때문에 사람은 자연 이상으로 고귀해질 수 있지만, 그렇기 때문에 또 자연 이하로 비천해질 수 있다. 천사에 가까워질 수 있지만 반면에 악마와 친구가 될 수도 있다. 동물을 넘어설 수 있지만 한편으로는 동물 이하로 떨어질 수도 있다. 자연을 떠난 존재는 이런 위험을 감수하지 않으면 안 된다. 사람은 그런 위험을 감수하는 존재이고, 그래서 신처럼 고상한가 하면 짐승보다 저열하기도 한, 복잡하고 혼란스러운, 복잡하고 혼란스러운 것이 이상하지 않은, 알 수 없는, 알 수 없는 것이 이상하지 않은 존재이다.

0

사람을 믿지 못하는 것은 사람이 믿을 수 있는 존재가 아니기 때문이다. 사람은 좌충우돌과 회오리, 혼란이고, 무엇이든 될 수 있는 욕망을 가진, 예측 불가의 가능성이니까. 그 믿을 수 없는 존재를 느끼고 감각하고 이해하기 위해 다른 시도를 할 필요는 없다. 자기를 보는 것으로 충분하다. 우리가 곧 그 존재이기 때문이다.

사람이 사람을 믿을 수 없는 존재라고 생각한다면, 그것은 자기를 믿을 수 없기 때문이다. 나에게 사람은 믿을 수 있는 존재가 아니라고 알려준 사람이 나이다. 나는 내가 믿을 수 없는 사람이라는 사실을 안다. 사람은 보통 떳떳하지 않은 어떤 일, 보여주고 싶지 않은 자기의 속성을 다른 사람에게는 감춘다. 적어도 적극적으로 드러내는 일은 피한다. 그래서 다른 사람은 그가 아는 것만큼 그를 알지 못하고, 그가 자기에게 그런 것만큼 믿을 수 없어 하지는 않는다. 그 자신에게는 아니다. 자기에게는 자기의 (믿을 만하지 않은) 속성을 감출 수 없고, 감출 필요도 없다. 그는 다른 사람이 알지 못하는, 알 수 없는 자기를 안다. 알기 때문에 더 믿지 못한다. 앎이 믿음의 근거가 되지 않는다는 건 역설이지만, 인간에 관해서는 불변하는 진실이다. 인간이 그만큼 복잡한 존재라는 뜻으로 이해해도 무방하겠다. 그는 자신에게, 자신에게만 적나라하다. 이 세상에서 가장 믿을 수 없는 사람이 그가 가장 잘 아는 자기 자신이 되는 이유이다.

0

앎이 믿음의 근거가 되지 않는 까닭은, 그가 자신에 대해 아는 것이 '알 수 없다'이기 때문이다. 그가 그 자신에 대해 알고 있는 것은 알 수 없다는 것이다. 그는 그 자신이 알 수 없는 자라는 사실을 안다. 그 사실을 누구보다 잘 안다. 그는 자기가 길 한복판에 웅크리고 있는 덩치 큰 개와 같다는 것을 안다. 무슨 짓을 어떻게 언제 할지 예측할 수 없다는 것을 안다. 그렇기 때문에 자기를 믿지 못하게 되는 것이다. 알 수 없다는 것을 '안다'고 해서 믿을 수 있어지는 것이 아니다. 그가 아는 것이 '알 수 없다'인 한 앎은 믿음을 견인할 수 없다. 알 수 없다는 것을 알게 될수록 확실해지는 것은'믿을 수 없다'이다.

0

나는 내가 빠진 큰 웅덩이와 같다.

빠진 웅덩이에서는 빠져나와야 한다.
나로부터 나를 구하소서!
이것만이 가장 진실한,
어쩌면 유일하게 허용된 기도일 것이다.

그런데 이 기도는 응답받기가 어렵다. 웅덩이에 빠진 나와 내가 빠져나와야 하는 웅덩이가 동일하기 때문이다. 나는 나에게서 빠져나오기를 바라는데, 나에게서 빠져나오면 나는 더 이상 내가 아니기 때문이다.

0

신은 왜 신인가. 알 수 없는 존재이기 때문이다. 그 거처도 행동도 운명도 알 수 없고, 그 사랑도 그 가혹함도 이해할 수 없다. 그의 간섭은 물론 침묵도 이해할 수 없다. 이해할 수 없다는 것이 그의 존재를 부정하는 이유로 언급되기도 하지만("신이 있다면 이런 일이 일어날 수 없어."), 사실은 이해할 수 없기 때문에 신이다.

신의 알 수 없음은 사람의 알 수 없음과 다른 알 수 없음이다. 사람이 알 수 없는 것은 좌충우돌과 회오리가 행동 방식인 욕망에 사람이 사로잡혀 혼란스럽기 때문이지만 신이 알 수 없는 존재인 것은 인간의 인지 능력의 한계 때문이다. 인간의 알 수 없음은 존재의 문제이고, 신의 알 수 없음은 인식의 문제이다. 신이 좌충우돌과 회오리가 행동 방식인 욕망에 사로잡혀 있어서가 아니라, 혼란이어서가 아니라 사람에게 신을 파악할 능력이 없기 때문에 알 수 없는 존재가 된다. 큰 곡선의 일부분은 직선으로 보인다. 사람은 큰 곡선의 일부분을 직선으로 보지 않을 눈을 가지고 있지 않다.

어떤 훌륭한 작품은 그 작품의 훌륭함을 알아볼 심미안을 가지지 못한 감상자의 눈에는 말할 수 없는 것, 알 수 없는 것으로 보이기 쉽다. 이 경우의 말할 수 없음이나 알 수 없음은 훌륭하지 않은 작품의 그것과 다르다. 즉 존재의 문제가 아니다. 감상자의 안목을 뛰어넘는 수용은 불가능하다. 어떤 위대한 작품도 감상자의 안목과 상관없이 그 자체의 위대함이 선언되지 않는다. 감상자의 안목을 통하지 않고 위대해질 수 있는 작품도 없다. 작품이 감상자에 의해 완성된다는 말은 이 당연한 명제를 비틀어 쓴 것일 테다. 작품의 내용과 성격, 심지어 수준이 감상자의 내용과 성격, 심지어 수준에 의해 결정된다는 생각은, 감상자를 절대자로 만듦으로써 작품을 상대화시킨다. 어떤 작품이든 감상자의 안목에 의지하지 않고 이해될 수 없는 것이 현실이고, 이는 때때로 우연한 호평의 조건이 되지만, 오해와 비난의 이유가 되기도 한다. 작품이 완전하지 않아서가 아니라 감상자가 그 작품 안에 담긴 것을 다 이해할 능력을 갖추지 않았을 때 작품은 완전하게 이해되지 않고, 때로 이해할 수 없는 것, 알 수 없는 것이 된다. 이와 마찬가지로 사람이 저능하기 때문에 신은 알 수 없는 존재가 된다. 사람의 이해가 닿지 않는 지점에, 이해가 닿을 수 없는 방식으로 존재하는 이가 신이기 때문이다.

나는 신이 알 수 없는 존재라고 말하면서, 동시에 신을 다 아는 것처럼 말해버렸다. 사람은 신(의 완전함)을 파악할 능력이 없다고 말하면서, 동시에 신은 인간과는 달리 좌충우돌하지도 않고 회오리 욕망에 시달리지도 않는 완전한 존재라고 전제해버렸다. 안목 없는 감상자가 작품의 완전함을 선언할 수 있는가. 이때 그 선언은 신뢰할 수 있는가. 이해의 무능력을 인정한 사람이 이해한 신의 완전함은 믿을 수 있는가. 신이 정말로 사람과 같이 혼란스럽고 가변적이며 알 수 없는 존재인지 아닌지 어떻게 아는가. 결국 나의 신에 대한 이해는 감상자에 의해 작품이 완성된다는 주장을 뒷받침한 꼴이 되고 만 것이 아닌가.

사실은 신이 사람의 기준으로 완전한지 어떤지 우리는 모른다. 다만 신의 존재방식이 어떠하든, 그 존재방식을 완전하다고 간주하는 것이 사람의 암묵적인 이해의 기준이다. 이런 기준에 의해, 완전한 신은 우리의 혼란과 좌충우돌과 변덕스러움과는 다를 거라고 막연하게 추측하는 것이다. 사람을 불완전해서 알 수 없는 존재로, 신을 완전해서 (불완전한 인간의 이해 능력으로는) 알 수 없는 존재로 상정하는 것이다.

0

대체로 신이 존재하지 않는다고 믿는 사람의 믿음이 신이 존재한다고 믿는 사람의 믿음보다 더 견고한 것은 그 때문이다. 신이 존재한다고 믿는 사람은 알 수 없는 존재로서의 신을, 알 수 없음에도 불구하고 믿는 것이고, 그래서 어떻게 있는지, 어떤 방식으로 활동하는지 이해하고 궁리하고 상상해야 하는 수고를 떠안지만, 신이 존재하지 않는다고 믿는 사람은, 신의 알 수 없음에 대해 고민하지 않아도 되므로(없는 것을 어떻게 있는지, 어떤 방식으로 활동하는지 이해하려고 하거나 궁리하려고 하거나 상상할 필요가 없으니까) 흔들리지 않는다. 무신론만큼 튼튼한 믿음도 드물다.

0

소설가는 알고 있는 것을 쓰는가. 아니다. 알기를 원하는 것을 쓴다. 그가 알기를 원하는 것은 알 수 없는 것이다. 그래서 때때로 소설가들의 글은 기도처럼 된다.

"신이여! 내가 빠진 큰 웅덩이인 나에게서 나를 건지소서!"

불가능성은 포기의 구실이 아니라 추구의 이유가 된다. 소설가들의 믿음은 무신론자만큼 튼튼할 수 없다.

'—체하기'와 혼잣말

0

할 이야기가 많은 사람이 아니라 자기 말이 자기 뜻대로 받아들여질 거라는 확신이 없는 사람이 말을 많이 한다. 이해받지 못할 거라는 불안이 중언과 부언을 만든다. 한 말을 또 하고 같은 말을 다르게 한다. 그런데 이런 불안은 왜 생기는 것일까. 이해받는, 받아야 하는 자로 자기를 규정하고 있어서가 아닐까. 이해하는, 해주는 자로 자기를 간주하는 이에게는 없는 불안이다. 이해하는, 해주는 자로 자기를 정립한 이는 굳이 이해해주지 못할 거라는 불안을 가질 리 없고, 그러므로 중언과 부언을 다닥다닥 이어붙이는 수고를 하지 않는다. 이해하는, 해주는 자의 자신만만한 자리에 나를 세워본 기억이 거의 없는 것 같다. 나는 내 문장이 미덥지 못하기 때문에 문장을 다닥다닥 붙여 쓴다. 어떤 문장도 완전하지 않아서, 한 말을 또 하고 같은 말을 다르게 덧붙이는데, 아무리 덧붙여도 완전해지지 않는다. 내 문장은 어떻게든 이해받으려는 안간힘에 의해 기워진 누더기와 같다.

0

정신분석학자들은 결핍과 상실이 창조성 형성에 모종의 역할을 한다는 의견을 낸다. 화가와 음악가를 비롯한 창조적인 예술가들 가운데 고아의 비율이 높은 것을 그 증거로 제시한 글을 읽었다. 샤를 보들레르, 알베르 카뮈, 에드거 앨런 포, 레프 톨스토이, 도스토예프스키, 장 폴 사르트르, 단테, 몰리에르, 볼테르, 조르주 상드, 스탕달……. 이들이 모두 고아였다니! 이들 말고도 고아였거나 고아나 마찬가지인 유년 시절을 보낸 작가들의 이름을 얼마든지 찾을 수 있을 것이다. 그렇지만 고아였거나 고아나 마찬가지인 유년 시절을 보낸 사람이 작가가 되기 쉽다는 식의 주장은 과장이거나 억측이기 쉽다. 전수조사를 해보면 고아였거나 고아나 마찬가지인 유년 시절을 보내지 않은 작가의 이름이 훨씬 많을 것이기 때문이다. 고아, 즉 결핍과 상실의 경험이 창조성과 어떤 관계를 맺고 있는지 도려내듯 말하는 것은 어렵다. 다만 고아이거나 고아나 마찬가지인 유년 시절을 보낸 사람이 어떻게 작가가 되었을지 그 내면의 과정을 유추하는 것은 해볼 만한 일이다.

어린 시절에 경험한 난감하고 힘든 일들 가운데 대표적으로 떠오르는 것이 효도와 반공에 대한 글쓰기이다. 부모님의 은혜에 대한 이해는 물론 공산당의 위협에 대해서도 아무런 실감을 하지 못했지만 나는 그 주제에 대해 글을 썼고, 잘 쓴다는 칭찬을 받았고, 학교 대표로 대회에 나가 상을 받곤 했다. 육친의 품을 경험하지 않고 유년을 살았고, 살고 있으면서도 어머니의 사랑과 어머니에 대한 감사의 마음을 글로(세상에! 그것도 잘) 쓰는 것은 어떻게 가능할까. 공산당의 위협에 대한 동의 없이 반공을 주장하는 글을 쓰는 것은? 경험 없이, 동의 없이 글이 써지는 이 현상을 무엇으로 설명할 수 있을까? '-체하기', 즉 시늉하기였다고 내 기억은 증언한다.

고아라는 의식을 가지기 전에 고아는 고아가 아닌 체하지 않는다. 그럴 필요가 없기 때문이다. 고아 의식은 고아의 상태에 자동적으로 따라오는 부수적 현상이 아니고, 세상, 즉 타인과의 접촉을 통해 획득되는 어떤 형질이다. 세상, 즉 타인은, 다양한 경로와 방법으로, 고아에게 고아임을 인식시킨다. 어떻게든 그가 고아임을 깨우치려 한다. 세상은 고아가 고아인 줄 모르는 상태를 못 견디는 것 같다. '너는 고아다.' 이것은 선언이다. 고아는 자기가 고아라는 사실을 타인을 통해 비로소 발견한다. 그러니까 세계, 즉 타인이 (고아) 의식의 전제조건이다. 세계가 없으면 나는 나로 의식되지 않는다.

고아 의식의 내용은, 아마도 '나는 다르다'는 것일 텐데, 이 '다름'은 주장하거나 내세울 수 없는 다름이다. 펼쳐야 하는 다름이 아니라 오므려야 하는 다름이다. 이 다름은 동양인이 서양인과 다른 것처럼 다른 것이 아니라 다리가 세 개인 강아지가 다리가 네 개인 강아지와 다른 것처럼 다르다,라고 그는 느낀다. 그러니까 이 다름은 동양인으로서의 정체성을 가지고 서양인과 다르게, 자기 자신으로 살도록 지시하는 것이 아니라 다리가 세 개인 강아지의 정체를 숨기고 다리가 네 개인 강아지와 다르지 않은 것처럼 살도록 종용한다. 다리가 네 개인 강아지의 보폭과 속도와 리듬을 따를 수 없음에도 그 보폭과 속도와 리듬을 따라하고, 따를 수 있는 것처럼 하고, 따르는 체해야 한다고 가르친다. 그래서 그는 어머니 품의 온기를 이해하지 못하면서 이해하는 체한다. 살을 맞대고 비비고 끌어안을 때의 느낌을 모르면서 아는 체한다. 느끼지 않고는 이해가 안 되는 영역의 일들을 느끼지 않았으면서 이해한 체한다. 느끼지 않은 것은 표현할 수 없는데도 느낀 것처럼 표현하려고 한다. 손발이 다 닳도록 고생하시는 부모님의 가없는 은혜를 상상해서 묘사하고, 며칠 떨어져 있는 동안의 육친의 그리움을 흉내내어 표현한다. 사랑을 받는다는 자각 없이 사랑을 받는 체하고 사랑을 어떻게 하는지 모르면서 사랑하는 체한다.

시늉이 삶이 된다.

그런 과정에서 그럴듯하게 습득되는 것이 없지는 않다. 많은 경우 시늉은 티가 나지만, 나지 않을 수 없지만, 간혹 어떤 이에게는, 시늉으로 보이지 않는 일이 생기기도 하고 점점 더 그렇게 되어간다. 누구보다 시늉하는 사람이 자기 시늉에 가장 먼저 가장 잘 넘어간다. 이 현상은 그의 안전한 세상살이를 위해 나쁘지 않다. 그리워하는 체하다 그리움을 느끼고 사랑하는 체하다 사랑하게 되는 일이 실제로 일어난다.

그런 시늉을 통해 맛보는 것이 실제와 다르다는 것을 실제를 경험한 적 없는 이 사람은 알지 못한다. 모방 경험을 통해 실제 경험에 이르렀다는 것은 옳은 진술이 아니다. 모방 경험이 곧 실제 경험으로 화했다. 그러니까 다르든 같든 상관없다. 그러나 실제를 경험한 사람은 다름과 같음을, 그 차이를 정말로 알까. 실감은 정말로 실감일까.

혹시 고아들의 이 '-체하기'의 체질화가 창조성이라고 이름 붙은 창작 능력의 비밀이 아닐까 생각하게 되는 것은, 의식하든 안 하든, 모든 이들의 실제에 대한 경험들이 모방을 모방하고 시늉을 시늉내는 것에 지나지 않는다는 세간의 풍설이 꽤 유력하기 때문이다. 그리움은, 그리움에 대해 말하는 문학에 의해 고양되고, 사랑은 사랑에 빠진 사람을 연기하는 영화 속 연기자들에 의해 실감되지 않던가. 사랑하는 사람들은 영화 속 연기자처럼 사랑할 것을 요구받고 소설 속에 펼쳐지는 장면을 실연하기를 욕망하지 않던가. 사랑에 대해 말할 기회가 있을 때 자기도 모르게 사랑 이야기 속의 한 장면을 떠올리지 않던가. 실감이 실은 시늉을 시늉하는 것에 다름아니라면, 시늉의 체질화를 아주 일찍부터, 거의 생존의 조건으로 이루어낸 고아, 혹은 고아 의식을 가진 이들이 창작 분야에서 이루어낸 성과를 어느 정도는 이해할 수 있을 것 같기도 하다.

0

그리고 혼잣말이 있다. 혼잣말은 내가 잘하는 것 가운데 하나이다. 유년기부터 성장기 내내 그랬고, 요즘도 그 버릇에서 온전히 놓여났다고 할 수는 없다.

혼자 있는 사람이 혼잣말을 한다. 드물지만 다른 사람과 함께 있으면서 혼잣말을 하는 사람이 없는 것은 아니다. 그 사람은 다른 사람과 함께 있으면서도, 있지만 혼자 있는 사람이다. 자기 앞에 다른 사람이 있다는 것을 인식하는 한 누구도 혼잣말을 하지 않는다. 혼잣말은 자기 안에 타인을 상정하고 나누는 말놀이, 역할놀이이기 때문이다. 앞에 타인이 없을 때 안에서 타인이 출현한다. 앞에서 타인이 말을 걸지 않을 때 안에서 말을 거는 타인이 태어난다. 앞에서 타인이 말을 들어주지 않을 때 안에서 말을 들어줄 타인을 등장시킨다. 이 출현과 등장은 자아의 분열에 다름아니다. 분열을 통하지 않고 안에서 타인을 등장시키는 방법은 없다. 분열을 통해 한 주체는 나와 너, 주와 객으로 바뀌고, 심지어 나와 너희들, 하나의 주와 수많은 객들로 바뀌고, 그러면 비로소 대화가 가능해진다.

말이 소통을 위해 고안된 것이라면, 소통을 할 필요가 없는 상태(혼자)에 있는 사람은 말을 하지 않으면 되는데 굳이 말을 하기 위해 자기를 주와 객으로 나누는 것은 왜일까. 주와 객으로 자기를 나누어서까지 굳이 말을 하려고 하는 것은 무엇 때문일까. 널리 퍼진 생각과는 달리 말이 소통을 위해 고안된 것이 아닐 가능성이 있다. 말을 사용하지 않는 동물들의 소통 능력이 말을 사용하는 인간보다 뛰어나다는 것은 이에 대한 방증이 될 수 있다. 소통에 대한 필요가 없는 상황에서도 사람은 말을 하려고 하지 않는가. 말을 하려고 자기 안에 타인을 만들어내기까지 하지 않는가. 말을 하는 것이 사람의 존재조건이기 때문이 아닐까. 소통이 아니라 존재의 증거이기 때문이 아닐까. '나는 살아 있다.' 이것은 선언이다. 호흡과 맥박과 피의 순환과 마찬가지로 살아 있음을 입증하는 요인이기 때문에 말을 할 수 없는 상황에서도 말을 하려고 하는 것이 아닐까.

나와 너, 주와 객으로 나뉜 상태에서 혼잣말을 할 때 원래의 나, 분화되기 전의 주는 어디에 있을까? 나가 너, 혹은 너희들과 대화를 나눌 때, 분화되기 전의 나는 어디에 자리할까?

'나'가 되어 말할 때는 분화되기 전의 나가 거기 있다고 하자. 그러면 '너'가 되어 말할 때는? 그럴 때 말하는 너는 분화되기 전의 나와 다른 존재인가. 분화되기 전의 나와 다른 존재로서 말하는 것이 가능한가. 분화되기 전의 나와 다른 존재일 수 없다면 이 분화된 너는 분화된 나와 어떻게 다른가. 너는 그런 말을 할 자격이 없어, 너는 나쁜 놈이야, 하고 '나'가 말한다. 그때는 그럴 수밖에 없었어, 사정이 있었다고, 하고 '너'가 말한다. 나와 너의 역할을 바꾸면 어떻게 될까? '너'가 되어, 너는 나쁜 놈이야, 했다가 '나'가 되어, 사정이 있었다고,라고 한다면? 혼잣말을 하는 사람은 이 사람 편에 섰다가 저 사람 편에 섰다가 한다. 분화되기 전의 원래의 나가 어디 있는지 말할 수 없다. '나'가 나인지, '너'가 나인지 분간할 수 없다. 혼잣말을 하는 사람의 말은 모두 한 사람의 말이기 때문이다.

소설을 쓸 때, 작가는 인물들에게 각각의 말을 준다. 이 사람에게 이렇게 말하게 하고, 저 사람에게 저렇게 말하게 한다. 가령 쉰다섯 살 먹은, 육군 대령 출신의 남자가 말할 때, 작가는 그 인물에게 부여된 조건에 맞는 목소리와 어조와 낱말을 골라 넣는다. 그때 소설가는 실제로, 그 인물에게 부여된 조건에 맞는 문장을 쓰면서 그 인물에게 부여된 조건에 맞는 목소리와 어조로, 마치 연극배우처럼 소리 내어 발음하기도 한다. 키가 작고 몸무게가 많이 나가는, 사십대의 PC방 주인이 말을 할 때는 또 그에 맞는 목소리와 어조와 낱말을 골라 발음해본다. 이 과정이 혼잣말을 하는 사람의 모습을 연상하게 한다면, 이 역시 결핍과 상실의 경험이 창작 분야에서 어떤 성과를 내는 데 기여를 한 예로 언급할 수 있을지 모르겠다.

자화상을 그리는 일

0

자화상에는, 단 한 명의 인물만 등장하는 것이 일반적이다. 한 명이면 충분하다. 배경도 최소화된다. 모자를 쓰고 있거나 파이프를 물고 있거나 붓을 들고 있는 경우는 있지만 시간과 공간에 대한 정보를 읽을 수 있는 배경은 희미하다. 인물만으로 충분하다는 뜻이다. 특정한 시간과 공간을 점유하지 않은 인물을 상정하는 것은 불가능하지만, 그 인물이 배치된 시간과 공간은 인물과 분리되어 따로 그려지지 않고, 인물과 함께, 인물에 의해 표현된다. 그 한 명은 복잡한 한 명, 그 안에 수많은 다른 자아들이 포함된 한 명, 한 명이라고 할 수 없는 한 명, 그러니까 여러 명인 한 명이다.

0

그 한 명의 인물은 그 사람 자신이다. 자화상의 화가가 그리는 것은 그 자신인데, 그의 내부에는 그가 너무 많기 때문에, 그가 그린 그는 너무 많은 '그'들 가운데 한 명이고, 그래서 그려진 그가 그 많은 '그'들 가운데 어떤 그인지 머뭇거리지 않고 말하기가 어렵고, 그래서 그려진 그가 정말 자기인지 자신할 수 없고, 그래서 이 화가는 자화상을 여러 번 다시 그릴 수밖에 없다. 자기 안의 '다른' 그가 자화상 속의 '그'를 낯설어하거나 흡족해하지 않는 눈치를 보일 때 그가 할 수 있고, 해야 하는 일은 다른 '그'를 모델로 삼아 다시 그리는 것이다. 그

렘브란트, 〈두 개의 원이 있는 자화상〉, 1665~1669년.

렇지만 이 낯섦과 불만족은 새로 그린 자화상 앞에서도 해소되지 않고, 그래서 그는 이 일을 자꾸만 되풀이해야 한다. 어떤 자화상도 자기를 다 담고 있지 않으므로, 담을 수 없으므로 다른 그림을 다시 그려야 한다. 한 장의 자화상에 그려진 '그'는 그의 내부에 있는 '그'들 가운데 하나의 '그'를 온전히 표현한 것이므로 독립적이고 완전한 그의 자화상으로 손색이 없지만, 그러나 한 장의 자화상에 그려진 하나의 '그'는 그의 내부에 있는 '그'들 가운데 하나의 '그'만을 온전히 표현한 것에 불과하므로, 즉 그의 내부에는 그 완전한 하나의 그림에는 아직 표현되지 않은 여러 다른 '그'들이 여전히 남아 있으므로, 그의 전부를 온전히 표현했다고 할 수 없고, 따라서 독립적이고 완전한 그의 자화상으로 손색이 없다고 말할 수 없다. 여러 개의 자화상이 필요해지는 이유이다.

자화상을 한 장도 그리지 않는 것은 가능하지만 한 장만 그리는 것은 불가능하다. 한 장을 그린 사람은 또 그려야 한다. 더 그려야 한다.

0

자기 안에 찾아내거나 해석할 것을 많이 가진 사람은 외부로 쉽게 눈을 돌리지 못한다. 내면이 의문투성이일 때 외부의 의문들은 얼른 눈에 들어오지 않는다. 내면이 혼란일 때 외부의 혼란은 혼란으로 인식되기가 어렵다. 가까운 데 있는 낮은 산이 멀리 떨어져 있는 높은 산을 가리는 이치다. 내면은 가까운 정도가 아니라 아예 거리가 없는 것이나 마찬가지이므로 가깝든 멀든 거리를 두고 떨어져 있는 외부보다 크게 보이고 크게 들린다. 내부의 목소리는 주변이 시끄러워도 들리고 소리를 내지 않아도 들린다. 굳이 청각기관인 귀를 통해 들을 필요가 없기 때문이다. 가까운 데서 들리는 작은 목소리는 더 큰 다른 목소리를 누른다. 내부의 요청이 외부의 지시보다 언제나 급하다. 외부에 있는 중요한 것들은 내부에 있는 시급한 것들에 밀려난다. 아무리 중요해도 시급한 것을 먼저 해야 한다. 중요한 것은 크지만 가깝지 않기 때문이다. 시급한 것은 크지 않지만 가깝기 때문이다. 외부를 그리는 일은 내면을 단속한 후에 수행한다. 그 일부터 해야 한다.

그리고 그 일이 실은, 그에게는, 외부를 그리는 방법이 된다. 왜냐하면 그의 내면의 혼란과 의문 들이 바로 외부에 있는 혼란과 의문으로부터 비롯했거나 그것들을 반사하거나 그것들을 향해 흐르기 때문이다. 내면의 복잡함은 외부의 복잡함과 무관한 것이 아니다. 외부의 복잡함 없이 내면이 스스로 복잡해질 수 없다. 외부는 고요한데 내면이 저 혼자 시끄러워질 수 없다. 내면이 복잡하고 시끄러운데 외부가 오불관언할 수 없다.

그러니까, 그의 내면에 외부가 들어 있으니까, 그는 '그의' 외부를 그리기 위해 굳이 외부를 살피는 데 많은 시간과 에너지를 쓰지 않아도 된다. '그의' 외부를 그리기 위해 그가 해야 하는 일은 그의 내면을 찬찬히 잘 들여다보는 일이다. 그의 내면을 그리기 위해서도 그는 내면을 들여다보아야 하지만, '그의' 외부를 그리기 위해서도 내면을 들여다보아야 한다. 그가 그려야 할 외부는 그의 외부이지 다른 것이 아니기 때문이다. 그가 그의 내면을 그리는 것이 곧 그의 외부를 그리는 일이 되는 것은 그 때문이다.

0

빈센트 반 고흐가 그린 〈구두 한 켤레〉를 고흐의 또 다른 자화상이라고 말할 수 있는 것은 고흐가 수없이 많은 자화상을 그린 화가이기 때문이다. 왜 한 켤레 구두만이겠는가. 사이프러스 나무나 밀밭이나 까마귀는 왜 아니겠는가. 그의 자화상에 그의 외부, 즉 그의 세계가 그려진 것처럼, 그가 그린 외부의 사물들에는 그 자신이 담겨져 있다고 해야 한다. 그는, 그의 세계를 표현하기 위해 그의 내면을 들여다본 것처럼 그의 내면을 표현하기 위해 그에게 속한 사물들을 들여다보았을 것이다. 자화상과 마찬가지로 그가 〈구두 한 켤레〉 역시 여러 장을 그렸다는 것은 이에 대한 방증이다. 사이프러스 나무도 그렇고 밀밭도 그렇고 까마귀도 그렇다. 비슷하지만 다른 각각의 구두, 각각의 사이프러스 나무, 각각의 밀밭과 까마귀들은 비슷하지만 다른 각각의 그의 여러 자화상들을 떠올리게 한다. 그러니까 그는 평생 자화상밖에 그리지 않았다고 해도 아주 틀린 말은 아닌 것이다.

0

여러 편의 소설들을 통해 한 편의 자서전을 쓰는 사람이 소설가라는 문장은 그에게 속한 세계에 대해 쓰는 것이 곧

빈센트 반 고흐, 〈구두 한 켤레〉, 1886년, 캔버스에 유채.

그 자신에 대해 쓰는 것이고, 그 자신에 대해 쓰는 것이 곧 그가 속한 세계에 대해 쓰는 것이라는 내용을 축약한 것이다. 자기 안에 외부, 즉 세계를 가지고 있지 않은 자는 자기 자신에 대해서만이 아니라 외부, 즉 세계에 대해서도 표현하지 못한다. 자기 안에 외부를 가지지 못한 자가 표현하는 외부는 '그의' 외부가 아니므로 개별적일 수 없고, 누구에게도 속하지 않으므로 실제적이지 않다. 누군가의 내부에 관여되어 있지 않은 외부는 공허하고 무게가 없고 실체도 없다. 저기 있는 사물을 사실 그대로 그리는 것은 객관적인 것이 아니라 무가치한 일이다. 외부에 놓인 사실 그대로의 사물은 굳이 그려질 필요 없이 그냥 거기 있으면 된다. 그려질 필요가 있는 모든 사물들은 외부에 놓인 사실 그대로의 사물이 아니라 내면에 들어와 그 사람의 일부를 이룬, 그 사람의 삶에 관여하는, 결코 객관적일 수 없는, '그의' 사물들이다. 고흐의 〈구두 한 켤레〉가 그런 것처럼, 작가가 그린, 그릴 수 있는, 그려야 하는 외부는 먼저 그의 내부에 있는 것이어야 한다.

0

그러니까 내면은, 외부와는 달리 어떤 공간이 아니라 세계에 대한 개인의 자의식인 셈이다. 세계와 맺는 관계에 대한 의식. 초월이 뛰어오름으로써 공간을 넘어서는 것이라면,

내재는 가라앉음으로써 공간으로부터 빠져나가는 것이다. 깊이로의 초월. 초월적 깊이. 그러니까 바른 문장은 다음과 같다. '내면에' 무엇이 있는 것이 아니라 '내면이' 있거나 없다. 이렇게 있거나 저렇게 있다. 외면은 눈에 보이지만 내면은 눈에 보이지 않는다. 보이지 않는 채로 있다. '우리가 주목하는 것은 보이는 것이 아니요, 보이지 않는 것'(고린도후서, 4장 18절)이라고 말한 사람은 바울이다. 이 말은 이상하다. 보이지 않는 것을 어떻게 주의 깊게 주목할 수 있는가? 주의 깊게 보는 것이 주목인데, 보이지 않는 것을 어떻게 볼 수 있는가. 보이는 것을 보듯 보이지 않는 것을 볼 수는 없다. 그러니까 보이지 않는 것을 보는 방법이 주목이라는 말을 그는 하고 있는 셈이다. 이때 주목은 보이는 대상을 향한 주의 깊음이 아니라 보는 주체를 향한 주의 깊음이다. 보이지 않는 대상에게 집중하는 것이 아니라 보이지 않는 대상을 보는 자기에게 집중하는 것이다. 보는 자기를 주의 깊게 보는 것이다. 그것을 통해 '그의' 외부, 그의 세계를 표현하는 것이다.

그리거나 쓰는 것은 이렇게 있거나 저렇게 있는 내면을 의식적이거나 무의식적으로 표출하는 것이지 다른 것이 아니다. 어떤 화가의 모든 그림이 자화상이고 어떤 작가의 모든 글이 자서전이라고 말할 때 전제하고 있는 것이 이런 생각이다.

0

천사는 단순하고, 악마는 복잡하다. 천사는 진실하기만 하면 되기 때문에 단순하지만, 악마는 진실하기만 해선 안 되기 때문에 단순할 수 없다. 교활함, 기만, 합리화, 능청스러움, 변명, 의뭉스러움…… 이런 것들은 악마의 속성이지 천사의 속성은 아니다. 천사는 이런 것들을 알지 못하거나 알려고 하지 않는다. 천사가 이런 일들을 할 가능성이 없는 것은 그에게 이런 속성이 없기 때문이다. 그의 행동의 진실함은 그의 천사됨의 증거지만 동시에 그의 무능력의 증거이기도 하다. 그에게는 악을 행할 능력이 없다. 즉 복잡성을 감당할 능력이 없다. 진실한 행동 말고는 할 수 없기 때문에 진실한 행동만 하는 단순성이 천사의 운명이다. 그런 점에서 천사의 진실함은 칭송의 조건이라고 할 수 없다. 여러 가능성 가운데서 훌륭한 선택을 한 것이 아니라 유일한 가능성인 훌륭함을 실행한 것과 다름이 없을 때 이 사람이 주체적으로 한 것은 아무것도 없기 때문이다. 아무것도 하지 않은 사람을 칭찬할 수는 없다. 훌륭하지 않은 선택을 할 가능성이 있는데도 훌륭한 선택을 했을 때 높은 평가를 한다. 훌륭하지 않을 선택을 할 가능성이 아예 배제된 조건에서 이루어진 훌륭한 선택은 선택이라고 할 수가 없고, 따라서 그 일의 훌륭함을 근거로 높이 평가하는 것은 타당하지 않다. 그 훌륭한 일은 그가 해서 훌륭한 것이 아니라 누가 하든 훌륭한 일이라고 평가될 것이다. 단순함은 기계적인 현상인데, 기계의 단순한 공정은 선택이 아니므로 훌륭하다는 칭찬의 대상이 되지 않는다. 뜻이 분명해졌다. 천사에게는 내면이 없다. 내면, 즉 세계와 맺는 관계에 대한 의식이 없으므로 갈등도 선택도 없다. 그리거나 쓰는 것, 즉 창작이 불가하다. 천사는 창조된 자이지 창조하는 자가 아니라는 사실은 이에 대한 은유다. 능청스러움, 교활함, 변명, 합리화, 의뭉스러움 같은 것들은 악마의 속성이라고 했거니와 이는 또한 창작자에게 요구되는 자질이기도 하다. 창작자의 내면의 복잡성을 이야기할 때 불가피하게 동원하지 않을 수 없는 것이 능청스러움, 교활함, 변명, 합리화, 의뭉스러움 같은 것들이다. 그리거나 쓰는 사람이 천사가 아니라 악마를 거느려야 한다고 말할 때 그 뜻이 이러하다.

0

"그들은 그럴듯한 말을 많이 하면서도 그 뜻이 무엇인지를 전혀 알지 못하였습니다."(《소크라테스의 변명》, 플라톤) 문학인들에 대한 소크라테스의 이 평가는 그럴듯하지만 그 뜻이 무엇인지를 알고 한 말인지는 의심스럽다. 당대의 이름난 시인들을 찾아가 그들이 쓴 작품에 대해, 그 속에 담긴 뜻에 대해 물었는데, 시인들은 자기가 쓴 작품에 대해 잘 설명하지 못했다고 소개하며, 소크라테스는 실망을 드러낸다. 심지어 거기 있는 어떤 사람보다 시인들이 잘 설명하지 못했다고 한탄한다. 한 분야의 전문가가 모든 분야에서도 권위를 인정받는 것은 아니라는 주장을 하기 위해 든 예로는 적절할지 몰라도, 그 주장을 하기 위해 작가들이 자기가 쓴 작품에 대해 설명하지 못하는 것을 허물인 양 말하는 것은 적절해 보이지 않는다.

그때의 시인들만이 아니라 고금의 모든 작가들은 자기들이 쓴 '그럴듯한 말'들에 대해 제대로 설명하지 못하는데, 이는 '지혜'가 없어서가 아니라 그럴 필요가 없기 때문이다. 자기가 쓴 작품에 대해 설명하지 못하는 것은, 소크라테스가 오해한 것과는 달리, 그 뜻을 알지 못해서가 아니라, '그럴듯한 말'들 속에 그가 설명할 말이 다 들어 있기 때문이다. '그럴듯한 말'들이 그 뜻을 드러내기 위해 선택된 최선의, 가장 바람직한, 어쩌면 유일한 설명이기 때문이다. 그 설명을 위해 '그럴듯한 말'들을 최선을 다해 선택하고 배열했기 때문이다. 그 '뜻'은 그 '그럴듯한 말'들을 통해서만 '설명'되기 때문이다. 그러니까 굳이 설명해야 한다면, 그는 자기가 한 '그럴듯한 말'들을 다시, 그대로, 한 글자도 틀리지 않게 똑같이 되풀이해야 하는데, 그것은 굳이 할 필요가 없는 일이기 때문에 하지 않는 것이다.

다른 사람이 글을 쓴 당사자보다 그 뜻에 대해 더 설명을 잘하더라는 소크라테스의 의견은, 의견이라기보다 당연한 사실에 대한 확인이다. 다른 사람, 글을 쓴 사람이 아니라 읽은 사람은 그 '그럴듯한 말'을 직접 하지 않았기 때문에 그 뜻에 대해 다른 말로 설명하는 것이 가능하다. 가능할 뿐 아니라, 실은 자기가 쓰지 않은 글에 대해서는 그것밖에 할 수 없다. 이를테면 압축과 해석. 요약하거나 의미 부여하기. 이 기술들이 성공하는 경우는 '그럴듯하지 않은 말'들에 대해 설명할 때뿐이다. 그러니까 최선을 다해 쓴 작가에게 그가 쓴 '그럴듯한' 작품에 대해 설명해달라는 것은 무례하다기보다 무지한 요구이다. 그러니까 자기 작품에 대해 설명해달라는 무지한 요구를 받고 무슨 설명인가를 하는 작가는, 설명을 멋들어지게 한다면 더욱, 역설적으로 자기 작품이 충분히 '그럴듯하지 않음'을, 최선을 다해 쓴 것은 아님을, 적어도 뜻을 이해시키기 위해 설명을 보태야 할 정도로는 훌륭하지 않음을 고백하고 있는 셈이 된다.

이미 쓴 '그럴듯한 말'들을 설명하기 위해 동원되는 압축과 해석의 기술들이 의도와는 달리 결과적으로는 '그럴듯한 말'들을 훼손하거나 왜곡하게 되는 것은 어쩌면 불가피하다. '그럴듯한 말'들을 잘 설명할 수 있는 말은 '그럴듯한 말'들 말고는 없기 때문이다. '그럴듯한 말'들에 대해서 굳이 설명하려고 할 때는, 마치 17세기의 소설 《돈키호테》를 독창적으로 새로 쓰려고 했던 20세기의 의욕적인 작가 피에르 메나르가 원래의 《돈키호테》와 단어 하나까지 똑같은 소설을 쓸 수밖에 없었던 것과 같은 일이 일어난다. 보르헤스는 피에르 메나르를 굳이 '돈키호테의 저자'라고 부른다. 세르반테스의 작품과 글자 하나 다르지 않지만 피에르 메나르가 쓴 소설은 새로운 소설이라는 의미일 것이다. 《돈키호테》를 완벽하게 새로 쓰는 가장 좋은 방법은 《돈키호테》와 똑같이 쓰는 것이다. 아니, 《돈키호테》를 완벽하게 새로 쓰기 위해서는 《돈키호테》와 똑같이 쓸 수밖에 없다.

자기 작품에 담긴 뜻을 설명하기 위해 자기 작품을 그대로 다시 옮겨 쓰는 일이 필요하다면 그렇게 해야 할 것이다. 그러나 대개의 경우 작가들은 그 일이 무의미한 되풀이에 불과하다고 생각하기 때문에 그렇게 하지 않는다.

마드리드 스페인 광장에 있는 돈키호테 동상.

발 있는 자는 걸어라

0

우리들의 발에는 뿌리가 없다.

《걷기 예찬》의 작가 다비드 르 브르통이 한 말이다. 사람은 왜 걷는가? 하고 물을 때 내놓을 수 있는 답으로 이것만 한 것이 없다. 발이 있어서 걷는다. 눈이 보는 일을 하는 것처럼 발은 걷는 일을 한다. 보기 위해 눈이 필요한 것처럼 걷기 위해 발이 필요하다. 이 말이 틀렸다고 시비를 걸 사람은 없겠지만(보기 위해 발이 필요한 것은 아니니까), 그러나 이 문장은 눈과 발을 보고 걷는 목적을 달성하기 위한 도구로 취급하고 있다는 지적을 피할 수 없다.

눈이 있어서 보고 발이 있어서 걷는다고 바꿔 말하면 의미는 달라진다. 필요에 의해 생겨난 도구로 한정할 수도 있지만 존재가 부여한 활동에 초점을 맞춰 서술할 수도 있다는 뜻이다. 카메라는 사진을 찍기 위해 필요한 도구지만, 그러나 카메라가 있어서 사진을 찍는다는 문장도 틀리다고 할 수 없다. 필요가 사물을 있게 하는 것은 맞지만, 모든 사물이 필요에 의해 태어나는 것은 아니다. 어떤 도구들은 그 도구가 나타나기 전까지는 그런 게 있으리라고 생각도 하지 못했던 필요를 위해 쓰인다. 기술 문명에 의해 개발된 것들이 대부분 그러하다. 가령 이제는 너무 익숙해져 당연하게 생각되는 핸드폰의 상당히 많은 기능들은 제조사들의 마케팅에 의해 홍보되기 전에는 꼭 필요하다고 생각해보지 못했던 것들이다. 르네 지라르의 통찰에 의하면, 인간의 모든 욕망은 매개된 것, 모방된 것, 누군가에 의해 부추겨진 것이다. 지금 우리가 꼭 필요하다고 생각하고 사용하는 많은 것들, 없으면 불편하고 심지어 불행하다고 느끼는 많은 것들이 실은 필요와 상관없이 만들어진 것들이다. 필요와 상관없이 만들어진 것들은, 그러나 만들어진 다음에는 필요와 뗄 수 없는 것, 꼭 필요한 것이 된다.

인간의 기술에 의해 만들어진 것이 그러하다면 신의 창조에 의해 만들어진 것은 얼마나 더 그렇겠는가. 아니, 신이 필요하지 않은 것을 만들었을 리 있겠는가. 신이 모방할 타자가 없으므로 신의 욕망은 누군가에 의해 부추겨지거나 매개된 것이라고 할 수 없다. 존재가 먼저고 활동이 다음이다. 눈이 있어서 본다. 발이 있어서 걷는다.

'귀 있는 자는 들어라.' 이 익숙한 경구는 그 안에 심오한 뜻을 품고 있다. 눈 있는 자는 보라. 발 있는 자는 걸어라. 눈이 있는 한 보지 않을 수 없고 발이 있는 한 걷지 않을 수 없다. 듣지 않는 것은 귀가 아니고 걷지 않는 것은 발이 아니다. 귀로 걸을 수 없는 것처럼 발로 들을 수 없다. 발로는 걷지 않을 수 없다.

그런데 이 문장—'귀 있는 자는 들어라', '발 있는 자는 걸어라'는 명령문의 수신자는 누구인가. 누구를 향해 하는 말인가. 누가 이 말을 들어야 하는가. '귀'가 아니라 '귀 있는 자'이고, '발'이 아니라 '발 있는 자'이다. 귀가 듣는 역할을 하지만 듣는 것은 귀가 아니라는 것, 발이 걷는 활동을 하지만, 걷는 것은 발이 아니라는 생각이 이 문장 속에 들어 있다. 귀를 가진 이가 (귀로) 듣고 발을 가진 이가 (발로) 걷는다. 만일 귀에게 들으라고 한 것이라면, 귀는 의식의 주체일 수 없으므로 들리는 것을 그냥 들을 것이다. 들리는 것을 들으라는 요구라면, 이 명령문은 발언될 이유가 없을 것이다. 들리는 것을 듣는 것은 명령문에 수반되는 반응인 순종의 의지를 필요로 하지 않기 때문이다. 그러니까 '들어라'는 귀를 향해 한 말이 아니고, 귀를 가진 자, 귀를 가지고, 귀를 가지고 있다는 의식을 가진 자를 향해 한 말이다.

'귀 있는 자는 들어라'라는 문장은, 그러니까 일종의 준말이라고 할 수 있을 텐데, 이 문장의 완전한 형태는 '귀가 있다는 의식이 있는 자는 들어라'이다. 들리는 것을 무의식적으로 받아들여라가 아니라 의식적으로 들을 것을 들으라는 것이다. 마찬가지로 '발 있는 자는 걸어라'는 문장이 향하고 있는 것도 '발이 있다는 의식이 있는 자는 걸어라'이다. 발길 가는 데로 무의식적으로 따라가는 것이 아니라 의식적으로 발을 사용하라는 것이다.

《걷기 예찬》, 다비드 르 브르통, 김화영 옮김, 현대문학, 2002년.

다비드 르 브르통은 보름 동안 도보 여행을 한 청년 루소의 고백을 소개한다. '나는 한번도 이렇게 많은 생각을 해본 적이 없었으며 이렇게 뿌듯하게 존재하고 살아본 적이 없었다……. 나는 그때 혼자 걸어가면서 했던 생각들과 존재들 속에서만큼 나 자신이었던 적은 한 번도 없었다.' 데카르트의 익숙한 경구를 흉내내어 말하자면. '나는 걷는다. 그러므로 나는 존재한다.'

산천이 아니라 사람

0

종이었던 애비와 파뿌리같이 늙은 할머니와 풋살구가 먹고 싶다 했던 어매와 숱 많은 머리털의 외할아버지를 불러낸 다음 '나를 키운 건 팔 할이 바람이다.'(《자화상》)라고 고백하는 미당의 시에서 당신은 무엇을 읽는가. 바람은 종잡을 수 없는 것. 어디서 오는지 어떻게 오는지 왜 오는지 알 수 없는 것. 그러면서도 나를 간섭하는 것. 통제도 저항도 할 수 없는 것. 나를 만지고 흔들고 데려가고 내 속으로 들어와서 춤추게 하는 것. 내 속에 들어와 나의 일부가 되고 나로 그 일부가 되게 하는 바람 앞에 애비와 할머니와 어매와 외할아버지가 왜 호명되었을까. 나는 묻는다. 그를 키운 팔 할의 외부는 핏줄로 얽힌 사람들, 통제도 저항도 할 수 없는 인연들이란 말인가. 내가 있기 전에 이미 있었고 내 의지를 묻지 않고 내 속으로 들어와 나를 그것의 일부로 만든, 크고 견고한 외부.

내가 나를 만든 것이 아니라는 생각은 겸손도 아니고 비굴도 아니다. 내가 존재하기 시작했을 때 외부가 이미 있었고, 나는 그 외부에 덧붙여졌으며, 그것에 의해 키워졌고, 그리하여 그것의 일부가 되었다는 인식에 다름아니다. 한 사람의 성격과 운명을 결정짓는 것과 관련해서 말하자면, 외부는 시간적으로 과거이고, 과거는 공간적으로 외부이다. 현재의 그가 관여할 수 없다는 점에서 외부와 과거는 같다. 그러면서도 그의 성격과 운명을 디자인한다는 점에서도 외부와 과거는 같다. (나중에) 덧붙여진 것은 덧붙여지기 전에 (이미) 있던 것들에 대해 권리가 없다.

오래전에 나는 내 소설의 한 부분에 이렇게 썼다. "고향이란 산천(山川)이 아니라 사람들이다. 사람들이 만들어낸 관계이다. 인연이다. 그 때문에 고향으로부터 벗어나기가 쉽지 않은 것이다."

0

사람들이 그곳에 있었고, 있다. 있었던 사람들은 시간이 흘러도 있음의 상태에서 벗어나지 않는다. 내재를 통한 현재화, 그것이 그곳의 방식이다. 선택의 여지가 없다는 점에서 이 방식은 숙명이다. 있었던, 있는 사람들이 누군가를 그곳에서 떠나게 하고 또 그곳으로 돌아오게 한다. 그들이 누군가를 그곳으로 가지 못하게 하고 그곳으로 가게 한다. 가지 않거나 가지 못하는 사람은 거기 있는, 있었던 (산천이 아니라) 사람들 때문에 가지 않거나 가지 못하고, 가는 사람은 거기 있는, 있었던 (산천이 아니라) 사람들 때문에 간다. 거기 있는 사람들은 늘 거기에 있다. 거기에 없어도 거기에 있다. 시간이 지나고 지상에서 사라진 다음에도 여전히 거기에 있다. 왜냐하면 그들이 산천이기 때문이다. 고향의 산천이 그들로 이루어져 있기 때문이다. 그들이 없으면 고향의 산천은 그저 풍경에 지나지 않는 것이 되고 마는데, 고향은 풍경이 아니니 고향을 고향으로 만들기 위해 그들은 거기 있어야 한다. 없어진 후에도 있어야 한다. 그들은 떠날 수 없다. 떠나도 떠날 수 없다. 불멸은 누군가의 욕망이 아니라 현상이다. 욕망이라면, 그들의 욕망이 아니라 고향 밖에 있는 이들의 욕망이다. 고향 밖에 있는 사람들의 기억(기억을 붙잡는 억센 손아귀, 그것이 욕망이다) 속에서 그들은 불멸한다. 고향 밖에 있는 사람들은 그들 없이 고향을 떠올리지 못하기 때문에 그들을 불멸하게 한다.

고향 밖에 있는 사람들은 고향으로 가거나 가지 않을 수 있다. 그러나 그 사람들을 통하지 않고 고향으로 가거나 가지 않을 수 있는 길은 없다. 그러니까 사람들이 길이다. 이 길을 걷거나 걷지 않거나, 둘 중 하나이다. 가는 사람은 이 길을 걷고, 가지 않는 사람은 이 길을 걷지 않는다. 다른 길은 없다. '나를 통하지 않고는 아버지께로 갈 자가 없다'고 복음서의 예수가 말할 때 그 뜻은, 그가 곧 유일한 길이라는 것이었다. 고향으로 가는 길 역시 그렇게 완고하다.

그래서 어떤 이는 더디 가고, 어떤 이는 아예 가지 못한다. 고향의 강과 산에, 길과 하늘에 사람들이 스며 있기 때문이다. 고향의 강과 산, 길과 하늘이 사람들로 이루어져 있기 때문이다. 사람들이 고향의 강과 산, 길과 하늘에 가득하기 때문이다. 고향에 가서 강과 산 앞에 마주선 사람들이 보는 것은 풍경이 아니라 사람들이다. 기억들이다. 고향의 강과 산, 길과 하늘은 여느 강이나 산, 여느 하늘이나 길과 같을 수 없다. 풍경일 수 없기 때문이다.

0

고향 바닷가에 가서 나는 본다. 멀리서 밀려온 파도가 쓰다듬고 어루만지던 바닷가 집 돌담은 시멘트가 발라진 방파제로 바뀌었다. 마당을 벗어나면 바로 밟히던 모래밭은 사라지고 자동차가 다닐 수 있는 길이 되었다. 방파제가 생기기 전에는 집을 나서면 바로 모래밭이었으므로 길이 따로 없었다. 집은 바다와 닿아 있었고, 곱고 보드라운 모래밭이 곧 길이었다. 만조 때면 신발을 벗고 바지를 걷고 걸어야 했던 그 유일한 길 아닌 길—모래밭을 메운 땅에 자동차를 세우고 더듬더듬 찾아온 나이든 소설가는 아직 거기 있는 유년의 바다를 본다.

바다는 그때처럼 푸르고 파도는 변함없이 찰싹거리지만 그러나 바뀐 해안선을 핥는 파도의 감정이 그때와 같다고 말할 수 없다. 옛 길 위에 새 길이 놓였다. 옛 길을 덮고 가리고 대신하기 위해 새로 닦인 길은 그러나 옛 길을 지우지 못한다. 나는 옛 길 위에 놓인 새 길 위에 서서 지워지지 않은 옛 길을 생생하게 본다. 새 길은 옛 길의 기억을 가지고 있다, 그것이 마땅하다. 기억이야말로 자기동일성의, 아마 유일한, 근거이다. 기억(만)이 존재의 동일성을 담보한다. 기억은 흩어진 시

전라남도 장흥 바다.

간을 이어 내가 나인 것을 증거하고, 아직 오지 않은 시간을 불러 그대가 그대인 것을 선언한다. 기억은 과거에 일어난 에피소드들의 모음이 아니라 개별 존재들의 DNA이다. 그러니까 새 길이 옛 길의 기억을 가지고 있는 것은 당연하고 마땅하다.

0

길들 위에 찍힌 발자국들이 길이다. 발자국들이 모여 된 것이 길이다. 발자국의 주인들이 달리고 사랑하고 싸우고 울부짖고 환호하며 만든 것이 길이다. 저 길들이 간직하고 있는 것은, 그러니까 사랑하고 싸우고 울부짖고 환호한 사람들이다.

나이든 소설가의 눈에는 여전히 돌담을 쓰다듬고 어루만지는 어린 시절의 물결이 보이고, 발바닥을 간질이는 까끌까끌한 모래들이 보이고, 그리고 물 빠진 바다의 개펄과 수천 년 동안 파도에 깎여 다듬어진 바위 조각들이 보인다. 거기 어디에 서거나 앉아서 막막한 바다를 하염없이 바라보고 있는 소년이 보인다. 책보를 허리에 두르고 터덜터덜 걷는 소년이 보인다. 갓 잡은 생선을 대야에 담아 이고 재를 넘는 여인들이 보인다. 그 길들 위에 뿌려진 갈망과 한숨과 노래와 열기가 보인다. 시멘트와 아스팔트와 콘크리트가 덮고 눌러도 사라지지 않는 것들, 사라질 수 없는 것들이다. 불멸은 누군가의 욕망이 아니라 현상이기 때문이다.

장흥의 소설가 한승원은 고향 바다에 대해 쓰고 또 쓴다. 쓰고 또 써도 고갈되지 않는 무궁무진한 이야기의 자원이 거기 있다고 그는 말한다. 그의 선택이 자유가 아니라 운명이라고 말하는 듯하다. 풍경이라면 그렇지 않을 것이다. 풍경은 운명이 될 수 없으니까. 그러나 기억이므로, 말하자면 불멸이므로, 근원, 말하자면 우주의 자궁이므로 어딘가 다른 곳으로 나갔다가 돌아오고 다시 돌아오고 끊임없이 돌아오지 않을 수 없을 것이다. 세상을 향해 뻗은 길들을 타고 어디든 갈 수 있지만, 결국 그 모든 길들이 품고 있는 기억을 따라 옛 길에 이르지 않을 수 없을 것이다.

아무리
완전하게 써도

0

아무리 완전하게 써도 불완전한 것이 문장이다. 글을 쓰는 사람의 능력의 문제가 아니라 문자 매체가 가진 한계 때문이다. 문자로는 표현하려고 하는 사물이나 현상이나 감정을 그대로 전할 수 없다. 아무리 많이 써도 모자라고, 아무리 잘 써도 충분하지 않다. 작가는 시원찮은 연장을 가지고 작업을 한다. 기호에 불과한 단어들의 조합인 문장은, 다른 매체(가령 영화)와는 달리 지난한 번역의 과정을 거치지 않고는 이해되지 않는다.

'언덕을 넘어가자 바다가 나타났다'라는 문장을 읽을 때 독자는 '언덕'의 형태를 떠올리고, '넘어가다'라는 동사가 가리키는 움직임을 상기하고, '바다'를 그리고, '나타나다'의

의미를 생각한다. 그리고 그것들을 조합해서 하나의 그림을 그려내야 한다. 그런데 이 문장을 읽는 사람들의 머릿속에 똑같은 언덕과 바다가 떠오르리라고 추리할 수 없다. 그것은 개인의 경험과 수준과 욕망과 세계관에 따라 다르게 나타나고 그려지는, 그럴 수밖에 없는 매우 주관적인 과정이다. 이를테면 '바다'에서 망망대해를 떠올린 사람도 있을 것이고, 다도해를 떠올린 사람도 있을 것이다. 물이 빠져나간 개펄을 떠올린 사람도 있을 것이다. 석양 무렵의 서해를 떠올린 사람도, 붉은 해가 떠오르는 동해를 떠올린 사람도 있을 것이다. 수없이 많은 바다들을 상상할 수 있다. 바다는 무엇인가. 바다는 정해져 있지 않고 무궁무진하고 규정되지 않는다. 아마 그 문장을 읽는 사람 숫자만큼의 바다를 상정해야 할 것이다. 바다만 그런 것이 아니고 모든 단어가 그렇다. 단어와 단어들의 결합인 문장은 너무 많은 것을 향해 제한 없이 열려 있어서 통제할 수 없다. 읽는 사람의 머릿속을 단속할 수는 없는 일이다.

보완을 위해 '낮은 언덕', '푸른 바다'로 바꿔 쓴다고 해결되지 않는다. 낮은 언덕을 통해 떠올리는 언덕의 모양, 푸른 바다를 통해 떠올리는 바다의 색깔 역시 누구에게나 다 같을 수 없다. 얼마나 낮은지 어떤 푸른색인지 불분명하고, 그 낮은 언덕에 잔디나 나무가 심어져 있는지 어떤지, 그 푸른 바다에 물결이 높이 이는지 어떤지 확실하게 지시하지 않는다. 그러면 다시 그 낮은 언덕에 사과나무가 심겨 있다든지, 그 푸른 바다에 높은 물결이 인다든지 써야 하고, 그러나 이 문장 역시 사과나무의 키나 생김새나 열매, 그리고 물결의 높이나 모양이나 소리 등에 대해 말하지 않기 때문에 상상과 추측 없이 이해할 수 없다. 그 상상과 추측은 사람에 따라, 읽을 때의 컨디션에 따라 달라진다. 모든 문장은, 아무리 잘 쓴 문장도, 불완전하고 불충분하다. 그것이 문장의 속성이다. 책을 읽는다는 것은 이제까지의 자신의 삶(에 의해 형성된 감각)이 참여해서 하는 일종의 번역 작업이다.

의미는 읽는 순간(에야) 발생하는 일회적 사건이다. 이 불완전과 불충분을 보완하려면 더 많은 단어와 문장을 더해야 하고, 설령 그런다고 해도 완전한 재현에는 성공할 수 없다. 사물의 표현이 그럴진대 변화무쌍하고 신묘불측한 인간의 감정은 또 어떻게 할 것인가. 자꾸 덧붙이고 끊임없이 고치고 계속 바꿔 쓰지 않을 수 없는 것은 이 불친절하고 불완전한 문자를 재현의 도구로 택한 작가의 어쩔 수 없는 운명이다. 오에 겐자부로는 자기 글쓰기가 끊임없는 고쳐 쓰기의 과정임을 토로한 바 있거니와 누군들 그러지 않겠는가.

0

우리는 외국의 호텔이나 카페에서 소설을 읽을 때 소설

속의 시간과 공간, 사건들이 여행지의 시간과 공간의 침입을 받아 변하는 걸 경험한다. 한국 작가가 쓴, 틀림없이 한국의 어느 도시가 배경인 소설을 읽는데도 자꾸만 독서를 하고 있는 현재의 도시에서 이야기가 전개되고 있는 것 같은 착각을 하게 된다. 문장을 이미지로 바꾸는 과정에, 이제까지의 전 삶(에 의해 형성된 감각)만이 아니라 책을 읽고 있는 현재의 상태 역시 영향을 미치고 있다고 할 수밖에 없다. 그러면 그 책에서 읽는 석양 무렵의 젊은 남자나 도시 변두리의 한갓진 여관이 소설 속 실제 배경인 한국의 어느 도시가 아니라 독서의 현장인 이 도시에서 보이거나 보일 거라고 예상되는 젊은 남자나 모텔로 바뀌어 그려진다. 호텔에 누워서 읽을 때와 카페에 앉아서 읽을 때도 텍스트는 미세하게나마 다르게 받아들여진다. 딱딱한 의자에 앉아 읽을 때와 푹신한 소파에 앉아 읽을 때 역시 마찬가지다. 우울할 때와 명랑할 때 읽는 책이 같은 감상을 줄 리 없고, 열여섯 살 때와 쉰아홉 살에 읽는 책 역시 그럴 것이다. 독자의 처지나 환경에 따라 다르게 읽힌다는 것, 그것이 문자 텍스트의 숙명이다.

있는 자리에 따라 보이는 것이 달라진다는 명제는 사실 특별하지도 새롭지도 않다. 객석의 사이드에 앉으면 자기 쪽 무대는 다른 관객보다 더 잘 볼 수 있지만, 반대쪽 무대는 다른 관객보다 더 잘 보지 못하는 이치다. 한쪽을 잘 볼 수 있는 이

점이 있지만 다른 쪽을 잘 볼 수 없는 단점도 있는 것이 사이드 객석의 조건이다. 기둥 뒤에 앉은 사람은 어떨까. 그는 기둥 앞에서 일어나는 일은 전혀 볼 수 없다.

그런데도 우리는 흔히 객석의 조건과 독서 환경을, 의식적으로든 무의식적으로든, 망각하려는 경향을 보인다. 내가 보지 못하는 다른 쪽, 그리고 내 눈 앞의 기둥 앞에서도 누군가 무슨 일인가를 하고 있다는 사실을 모른 체하지 않는 것이 중요하다. 나와 다르게 문장을 번역해서 읽는 사람이 있다는 사실을 인정하는 것은 이 세상을 읽는 독자가 갖춰야 할 덕목이다. 왜냐하면 그것이 사실이기 때문이다.

0

순간의 인상을 포착하는 일이 중요하다는 말을 더러 하는데, 중요한 것이 아니라 실은 그렇게 하지 않고는 글을 쓸 수가 없다. "완전한 순간을 포착하면 편집이 필요하지 않다." 앙리 카르티에 브레송의 말이다.

0

50년 동안 소설을 쓰는 삶은 어떤 것일까. H 선생의 등단 50주년을 기념하는 행사장에서 이런 상념에 빠져들었다. 50년 동안 작가로 살았다는 것이 다만 50년 전에 작가가 되었다는 사실을 의미하지는 않을 것이다. 그것을 포함하지만, 그것만은 아니다. 50년 동안 작가의 일, 즉 창작을 쉬지 않고 해왔다는 것이 내용에 들어 있어야 한다. 단순 과거 시제가 아니라 현재완료 시제라는 뜻이다. 비유하자면 결혼 25주년 기념일이 성립되려면, 25년 전에 결혼했어야 하고, 25년이 지난 지금까지 결혼 상태를 유지하고 있어야 한다. 그런 뜻이다. 소설가가 소설을 쓰는 것이 아니라 소설을 쓰는 사람이 소설가라는 생각을 나는 하고 있다. 독자가 책을 읽는 것이 아니라 책을 읽는 사람이 독자이고, 책을 읽을 때만 독자인 것처럼, 소설가 역시 소설을 쓸 때만 소설가라고 불러야 하는 것이 아닐까. 그런 점에서 H 선생은, 내가 아는 한 한순간도 소설가가 아닌 적이 없었던 드문 분이다.

소설을 50년 동안 쓰면서 살았고, 살고 있다는 것은 어떤 뜻일까, 하는 질문이 입안에서 맴돌았다. 그리고 그 질문 끝에, 마치 그 질문의 자연스러운 행로라도 되는 듯이, 인간으로 70년, 혹은 80년 동안 살았고, 살고 있다는 건 무얼 뜻할까, 하는 질문이 생겨났다. 물론 대답이 곧바로 떠오르지는 않았다. 그리고 그것은 그냥 질문의 형태로만 있어야 하는 문장처럼 여겨졌다. 그런 질문들이 있다. 답을 필요로 하지 않거나 답을 하는 순간 의미가 탈색되어버릴 거라는 예감 때문에 답을 구하지 않게 되는 문장들. 그래서 거의 동어반복이라고 해야 할 질문만 계속 던졌다. 일종의 질문 놀이 같은 걸 하고 있었던 셈이다.

그 또는 그녀와 같이 3박 4일 동안 여행을 하고 왔다면 그 3박 4일은 어떤 것일까. 누군가와 단둘이 커피를 마시며 보낸 50분은 어떤가. 날아오는 공을 치기 위해 배트를 휘두른 0 점 몇 초의 시간은? 그 3박 4일, 그 50분, 그 0 점 몇 초는 기념할 수 있는가, 없는가. 이런 식으로 답이 아니라 질문이 계속 이어졌는데, 그러다가 마침내 나는, 대개 의미가 탈색될 것 같은 예감 때문에 구하지 않게 되는 그 질문의 답을 굳이 구해보고자 머리를 굴리는 어리석음을 범하고 말았다.

한 가지 일을 하면서 보낸 50년에 의미를 부여하는 일을 누군가와 여행 간 3박 4일, 누군가와 커피 마시며 보낸 50분, 날아오는 공을 향해 배트를 휘두른 0 점 몇 초에도 부여하기 위해 필요한 것은 시간의 단위를 바꾸는 작업이다. 예컨대 소설을 쓰며 산 50년이 뜻 깊어지는 것은 인간에게 주어진 시간, 인생의 시간을 기준으로 할 때이다. 인간에게 주어진 시간을 생각할 때 H 소설가의 소설 경력 50년은, 인생의 준비기라고 할 수 있는 유년기와 청소년기를 빼면 거의 평생에 해당한다. 평생을 쏟아부었기 때문에 발생하는 의미인 것이다. 평생을 쏟아부었다는 것은 다른 삶의 가능성을 배제하고, 혹은 포기하고 전부를 바쳤다는 것이다.

특별한 일이 없는 한 우리는 인생의 시간을 무심코 모든 일의 기준으로 삼는다. 그런데 만일 그 기준을 지구의 역사나 우주의 시간으로 바꿔 잡으면 어떻게 될까? 그런다고 50년이 아무것도 아니라고 할 수는 없겠지만, 부여된 의미의 비중은 상당히 달라질 것이다. 그 또는 그녀와의 여행 기간인 3박 4일이 우리가 무심코 판단의 기준으로 상정하는 인생의 단위, 즉 70년 내지 80년의 시간에 비해 아주 하찮게 여겨질 수 있는 것과 같은 이치이다. 누군가와 커피를 마신 50분도 마찬가지다. 야구 배트를 휘두른 1초도 안 되는 시간은 말할 것도 없다. 시간의 기준과 할애한 시간의 양에 따라 의미가 달라진다. 얼마나 바쳤느냐가 중요하다. 3박 4일을 80년에 빗대어 사고할 때 이 시간이 의미를 발생시킬 가능성은 매우 낮다. 그러나 시간의 단위를 바꾸면 다른 일이 일어난다. 시침의 세계는 60분이지만, 분침의 세계는 1분이 전부다. 이런 방식으로 시간에 현미경을 들이대어 3박 4일, 50분, 0 점 몇 초를 허용된 시간의 전부, 혹은 거의 전부로 삼으면, 허용된 시간의 전부, 혹은 거의 전부를 어떤 일이나 어떤 사람에게 바친 것으로 이해하면, 그 시간들은 기념할 만한 의미를 가진 것으로 바뀌지 않을 수 없다. 그 시간들에 바쳐진 일이나 사람도 덩달아 의미를 가진 것이 되지 않을 수 없다.

사람이 의식하는 시간이 한결같지 않다는 것을 우리는

경험을 통해 알고 있다. 어떤 시간은 너무 빨리 가고 어떤 시간은 너무 느리게 간다. 시간은 실존적이다. 모든 시간에 대해 꼭 그래야 하는 것은 아니지만, 하려고만 하면 어떤 시간이든 기념될 수 있다. 기념되어야 하거나 기념되면 좋을 인간의 시간들이 하려고 하지 않아서 기념되지 않거나 기념되지 못하고 사라져버린다. 기념되지 않은 시간들과 함께 그 시간에 바쳐진 일과 사람들이 사라져버린다.

기념하는 것은 시간에 매듭을 짓는 일이다. 단조롭게 반복되는 일상의 시간인 크로노스를 카이로스로 만드는 것. 일종의 시간의 연금술.

0

이 책상에 대해 쓸 때는 '이' 책상에 대해 써야 한다. 이 책상에 대해 쓰면서, '저' 책상에 대해 쓰는 사람은 없지만, '책상'에 대해 쓰는 사람은 많다. 이 책상에 대해 쓰려면 '이' 책상을 관찰하고 살피고 따져보고 사색하고 궁리해야 하는데, 그것은 어렵고 성가시고 피곤한 일이므로(왜냐하면 새로운 것과 접촉하는 일이니까, 새로운 것이 발견될 때까지 눈과 신경을 동원해서 집중해야 하는 일이니까), 쉽고 편하고 빨리 할 수 있는 길을 택한다. 개별적인 '이' 책상을 꼼꼼히 살피고 따지고 궁리하는 대신 '책상'(이라는 대상)에 대해 알고 있는 사실들을 끄집어내서 쓴다.

'이' 책상에 집중해서 새로운 것을 발견하는 수고 대신 '책상'에 대해 이미 알고 있는 지식을 이용해서 쓴다. 책상의 용도와 모양과 재질과 혜택 같은 것들. 그것들은 이 책상에 대해 아무것도 말하지 않는다. 이 책상에 대해 아무것도 말하지 않는 문장으로 이루어진 글은 이 책상에 대한 글이 아니다. 이 책상이 무엇인지 말하지 않고 책상이 무엇인지에 대해서만 말하는 문장, 개별 책상으로부터 새로 발견한 것이 아니라 책상 일에 대해 기존에 알고 있던, 알려진 것을 반복한 것에 지나지 않는 문장은 굳이 쓰지 않아도 되는 문장이다. '이' 책상에 대해 아무것도 말하지 않는 그런 문장은, 실은 '책상'에 대해서도 별말을 하지 않는 문장이기 때문이다. '이' 책상을 잘 말함으로써 말해지는 것은 '책상'이다. 그러니까 '이' 책상을 잘 말하는 것이 곧 '책상'을 잘 말하는 방법이다.

이 사람에 대해 쓸 때는 '이' 사람에 대해 써야 한다. '이' 사람을 잘 말함으로써 말해지는 것은 '사람'이다. 사람을 잘 말하기 위해서도 '이' 사람을 잘 말해야 한다. '사람' 일반에 대해 이미 알고 있는, 알려진 것을 옮겨 쓰는 문장은 '이' 사람에 대해 아무 말도 하지 않을 뿐 아니라 '사람'이라는 종에 대해서도 별말을 하지 않는다. 이 사람을 관찰하고 살피고 따져보고 사색하고 궁리하는 수고를 거칠 때 '사람'이 나온다.

0

'사람들은 심판 날에 자기가 말한 온갖 쓸데없는 말을 해명해야 할 것이다.'(마태복음, 12장 36절) 예수님의 말이다. 너무 많은 쓸데없는 말을 뱉어내고 있는 작가의 두려움. 저 말을 하기 전에 예수는, 마음에 가득 찬 것을 입으로 말하는 법이다, 라고 했다. 무섭다. 내 책장에 꽂힌 내 책들을 보기가 무안해서 가끔 나는 책들을 뒤집어놓는다. 저 책들 속의 무수히 많은, 내 안에서 튀어나온 쓸데없는 말들을 다 어떻게 해명한단 말인가. 그날, 해명을 하기 위해 또 얼마나 많은 쓸데없는 말을 동원해야 할까. 어떨 때는 글을 쓰는 것이 큰 벌인 것만 같다. 글쓰기를 통해(서만) 위안을 얻는 사람은 위안을 얻기 위해 끊임없이 무엇인가를 쓰지 않으면 안 되는데, 쓸데없는 말을 빼고 문장을 쓸 수 없다. 딜레마가 아닐 수 없다.

0

그 사람이 하지 않으면 안 되는 일을 할 때 그 일은 과업, 즉 부담이 된다. 그 사람이 아니면 할 수 없는 일을 할 때 그 일은 자부심, 즉 영광이 된다. 그런데 그 사람이 아니면 할 수 없는 일은 그 사람이 하지 않으면 안 된다. 그 반대는 아니다. 작가는 글을 쓰는 역할을 수행하는 자이다. 나는 그렇게 생각한다. 제빵사가 빵을 만드는 역할을 수행하고 경찰이 사회의 안전과 국민의 재산을 지키는 역할을 수행하는 것처럼 작가는 글을 쓰는 역할을 수행한다. 역할을 부여한 자가 누구든, 자기 안에 있든 밖에 있든, 초월적 존재든 세속의 메커니즘이든, 다르지 않다. 작가가 반드시 써야만 하는 글, 쓰지 않으면 안 되는 글이 있다고 생각하지 않는다. 그런 게 있다면, 그가 아니면 쓸 수 없는 글일 것이다. 자부심으로 쓸 수 있는 글만이 과업으로 써야 하는 글이다. 이 말은, 세상의 모든 작가들이, 아무리 중요하다고 해도, 같은 이야기를 쓸 수 없다는 말이고, 또 세상의 모든 작가들에게, 어떤 이야기를 쓰라고 강요할 수 없다는 말이다.

손을 잡는다는 것

0

어느 해 프로야구 시즌 중에 본 장면이다. 롯데 자이언츠의 포수 강민호 선수가 안면 마스크에 파울 타구를 맞았다. 이런 일은 흔하게 일어난다. 부상의 위험이 가장 높은 포지션이 포수일 것이다. 홈으로 뛰어드는 주자를 몸으로 막다가 차이기도 하고 타자가 친 파울 타구에 맞기도 한다. 그날 내가 본 것은 포수의 얼굴로 날아간 강한 파울 타구였다. 물론 마스크를 쓰고 있었지만 충격이 심한 것 같았다. 그는 주저앉았고, 주저앉으면서 손을 뻗었다. 말로 옮길 수는 없지만, 그가 뻗은 손길의 표정이 보이고 그 손길의 말이 들리는 듯했다. 그것은 간절함 같은 것이었다. 그 표정을 보고 그 말을 듣고서 보지 않은 척 듣지 않은 척하기는 불가능할 것 같았다. 그러니까 곁에 있던 심판이 강민호 선수가 내민 손을 잡은 것은 불가피한 일이었을 거라고 나는 생각한다. 누구도 그 손을, 그 손의 표정과 말을 보고 들은 이상 외면할 수 없었을 거라고. 심판은 선수의 손을 잡고 가만히 있었다. 손을 잡아주는 것 말고는 아무 행동도 하지 않았다. 다른 행동을 할 수 있는 상황도 아니었다.

그 인상적인 순간에 몇 가지 장면이 겹쳐서 떠올랐다. 그중 하나는 오래전에 접한 엔도 슈사쿠의 경험담이었다. 《침묵》의 저자인 일본 작가 엔도 슈사쿠는 자신의 에세이집 어디에선가 다음과 같은 이야기를 풀어놓았다. 그는 대단치 않은 질병으로 잠시 병원에 입원한 적이 있었는데, 옆방 환자가 내지르는 짐승의 울부짖음을 닮은 신음소리 때문에 거의 잠을 이루지 못했다고 한다. 옆방에는 폐암 환자가 입원해 있었다. 이튿날 아침에 이 작가는 간호사에게 물었다. 환자가 그렇듯 극심한 통증으로 괴로워하면 어떻게 하는가, 하고. 간호사는 대답했다.

"무슨 뾰족한 수가 있겠어요? 우린 그저 곁에 앉아 환자의 손을 꼭 쥐고 있을 뿐입니다. 한동안 그러고 있으면 통증이 차차 가시기 때문에 간호사들이 교대로 손을 잡아주지요."

엔도 슈사쿠는 그 말을 듣는 순간 코웃음을 쳤다고 한다. 무슨 소리를 하는 건가. 진통제를 맞고도 고통에서 벗어나지 못해 울부짖는 환자의 손을 붙잡아주는 것이 무슨 도움이 될 수 있단 말인가…….

그런데 그로부터 일 년쯤 후에 그에게 큰 수술을 받을 일이 생겼다. 수술이 끝나고 마취가 깨기 시작할 무렵 찾아온 통증이 너무 심해서 엔도 슈사쿠는 고함을 지르며 다시 진통제를 주사해달라고 요구했다. 그러나 중독을 염려한 의사는 그의 부탁을 들어주지 않았고, 그는 한층 절망적으로 소리를 지를 수밖에 없었다. 그때 한 간호사가 그의 침대 곁에 앉아 그의 손을 꼭 잡았다고 한다. 그러자 믿기 어렵게도 그 지독하던 통증이 조금씩 가시고, 웬만큼 견딜 만해졌다는 것이다.

엔도 슈사쿠가 처음 간호사의 말을 듣고 믿지 않았듯 나도 엔도 슈사쿠의 말을 믿기 힘들었다. 상징이나 은유라면 몰라도, 손을 잡아주는 것이 어떻게 내 말초신경을 통해 전해지는 신체의 통증을 가라앉힐 수 있단 말인가. 사람의 손길에 무슨 진통 효과가 있단 말인가. '어머니 손은 약손'이라는 말을 들어 알고 있었지만, 그 표현을 모성에 대한 상투적인 수사로만 이해하고 있었을 뿐 공감하지 못했다. 그런데 몇 해 전에 간암과 투병하다 세상을 떠난 한 소설가 친구의 병실에서 나는 엔도 슈사쿠를 어느 정도 이해할 것 같은 경험을 했다.

그 친구는 임종 전 몇 주 동안 극심한 고통에 시달렸다. 마약 성분의 고단위 진통제를 시간을 당겨가며 투여해야 했는데 나중에는 그마저 듣지 않았다. 나는 그의 곁에서 고통스러워하는 그를 지켜보아야 했는데, 그는 허공을 향해 손을 뻗었고, 나는 저절로 그의 손을 잡았다. 그 상황에서 내가 할 수 있는 일이 그의 손을 잡아주는 것 말고는 없었다. 그것이 어느 정도 그 친구의 고통을 경감시켰는지, 그런 일이 어떤 작용을 거쳐 일어날 수 있는지 나는 알지 못한다. 내가 아는 것은 그가 내 손을 오랫동안 붙잡고 놓지 않았다는 것이다. 나도 놓지 않았지만 그도 놓지 않았다. 나는 내 손에 진통의 효험 같은 게 있다고 믿지 않는다. 그때도 그렇고 지금도 그렇다. 그런데도 그렇게 했다. 진통의 효험을 믿어서가 아니라 그렇게라도 해야 했기 때문이다. 다른 방법이 없었기 때문이다.

파울 타구를 안면에 맞고 고통스러워하는 포수의 손을 잡아주는 야구 심판이 그 병실에서의 나를 떠올리게 했다. 심판도 자기 손의 치유력을 믿어서 선수의 손을 잡은 건 아닐 것이다. 내가 그랬던 것처럼 그 역시 저절로 그렇게 했을 것이다. 그렇게 하지 않을 수 없어서, 그렇게 하는 것 말고는 다른 수가 없어서 그렇게 했을 것이다.

0

고통이 철저하게 개인적인 것이고, 다른 사람과 나눌 수 없다는 것을 누가 모를까. 고통의 총화라는 것은 없으며, 백만 명이 겪는 고통을 합친다고 해서 고통이 더 커지는 것은 아니라고《나니아 연대기》의 작가 C. S. 루이스는 어떤 책에선가 말했다. 백만 명이 겪는 고통을 합친다고 해서 고통이 더 커지지 않는다는 것은 백만 명 중에 한 명이 겪는 고통이 백만 분의 일이 될 수 없다는 뜻이기도 하다.

암과 싸우다 너무 일찍 세상을 떠난 윤성근 시인의 유고 시집을 얼마 전에 읽었다. 암 선고를 받고 투병하던 일 년 동안 써내려간 시들로만 채워진 그 시집(《나 한 사람의 전쟁》, 마음산책, 2012년)에는 전적으로 한 개인에게 속한, 타인과 쪼개고 나누고 공유하는 것이 근본적으로 불가능한 고통에 대한 표현들이 가득하다. 그것은 그 아픔이 그의 육체 안에 사유화되어 있고, 육체를 통해서만 드러나기 때문이다. 시인은 '아픔에 포로가' 되었다고 하고, 자신을 '아픔에 갇힌 죄수'라고 표현한다. '그저 잠시만 통증을 속일 수 있다면' 좋았으리라고 한다. '고통은 살아 있음의 유일한 방증'이지만 '타인의 아픔을 이해한다는 것은 오만'이라고 충고하기도 한다.

그와 내가 똑같이 청춘일 때 자주 만났었는데, 세상 일이 대개 그렇듯, 생활의 여건들이 달라지면서 어느 순간부터 보지 못하고 지내다가 뒤늦게 비보를 들었다. 미안하고 부끄러웠다. 그의 '이해할 수 없는' 고통을 생각하며 시집을 읽는 내내 자주 안쪽 표지에 박힌 그의 건강한 웃음을 훔쳐보았다. 그것이 이제는 이 세상에 없는 그에게 보내는 나의 인사였다.

통증은, 일상을 엉망으로 만들고 관계를 파괴하고 삶을 휘청거리게 한다. 그것이 어떤 종류의 것이고 어디서 비롯한 것이든, 고통은 낯선 것이고, 받아들이기 힘든 것이고, 그러나 받아들이지 않을 수 없는 것이고, 절대로 관념이 될 수 없는 것이고, 생생하고 디테일하고 구체적인 것이다. 시인의 말처럼 타인의 고통을 이해한다는 것은 오만이기 쉽다.

0

고통 가운데서 손을 뻗는 사람에 대해 생각한다. 그는 왜 손을 뻗는가. 나는 파울타구를 맞고 괴로워하는 포수에게서 간절한 어떤 표정을 보았다고 말했다. 곁에 있는 사람은 그 표정에서 도움을 청하는 목소리를 듣지만, 그것은 내부의 윤리의식을 통해 번역된 것으로 일종의 의역이라고 할 수 있다. 오역은 아니지만 직역도 아니다. 직역은 "도와달라"가 아니라 "아프다"일 것이다. 아픈 사람은 아픔을 표현한다. 그는 다만 고통의 현실을 '신체적으로' 표현할 뿐이다. 그리고 그 단순하고 솔직한 고통의 표현이 옆에 있는 누군가의 마음을 움직인다.

개인적 경험의 영역을 참고할 때 글쓰기의 기원에 도사리고 있는 것은 '아프다'이다. 이 아픔은 지극히 사적인 영역에 속해 있어서 이해할 수도 없고 이해받을 수도 없다. 아픔을 겪고 있는 사람의 아픔을 이해하고 표현하려면 똑같은 아픔을 경험해야 하는데, 그런 일은 불가능하다. 아픔은 고유하고 유일하기 때문이다. 그런데 아픔은 표현할 수 없는데도 표현되고자 한다. 아니, 어떤 식으로든 표현될 수밖에 없다. 표현될 수 없는 아픔을 표현하려는 욕구가 무조건적 무의지적으로 만들어낸 표현, 그것이 손을 뻗는 동작이고, 그리고 어떤 사람에게는, 그러니까 나 같은 사람에게는 소설을 쓰는 것이다. 나에게는 소설쓰기가 어떻게 표현해야 할지 알 수 없는, 그러나 표현되고자 하고 표현되지 않을 수 없는 지극히 사적인 아픔을 표현하는 방법이었다. 손을 내미는 동작이었다.

그렇게 무조건적 무의지적으로 뻗은 손이 누군가의 손을 불러오고, 아픔을 덜어내기도 한다는 것은 경이로운 일이 아닐 수 없다. 그런 효과가 사실이라고 해도, 그런 효과를 예상하고 손을 내미는 것은 아니다. 고통의 경감을 의도하고 소설을 쓰는 것은 아니다. 노림수는 없다. 저절로 나올 뿐이다. 모르겠다. 손을 뻗거나 소설을 쓰는 사람의 무의식 속에 그런 효과에 대한 학습이 숨어 있는지. 그렇더라도 누가 뭐라고 할 수 있겠는가.

0

뻗은 손을 붙잡는 손에 대해 생각한다. 내민 손의 간절함에 응하기 위해 손을 붙잡지만 그러나 이 손의 주인이 자기가 고통 가운데 있는 사람에게 실질적인 도움을 줄 수 있다는 확신을 가지고 그렇게 하는 거라고 말할 수 없다. 소설가 친구의 병실에서의 경험담을 통해 나는 이 사실을 깨달았다. 나는 그것 말고 다른 것을 할 수 없기 때문에 그가 허공을 향해 뻗은 손을 붙잡았던 것이다. 그것 말고 할 수 있는 다른 것이 있다면 그것을 했을 것이다. 물론 내 손길에 어떤 능력이 있다는 믿음도 없었고, 실제로 그런 것이 있을 리 없었다. 그런데도 저절로 그렇게 되었다. 그렇게 하지 않을 수 없어서 그렇게 한 것이다. 그때, 어떤 작용인지는 알 수 없지만, 무슨 일인가가 분명히 일어난 것은 맞다. 롯데 포수 강민호와 엔도 슈사쿠에게 일어났던 그 일이.

0

왜 소설을 쓰는가, 하는 질문을 받을 때마다 한동안 좀 난감했다. 공개적으로 내세울 그럴듯한 명분이 없었기 때문이다. 대외적으로 내세울 유용한 글쓰기의 목적이나 이유도 갖지 못한 채로 소설을 쓰고 있는 내 자신이 무슨 죄를 짓고 있는 듯 떳떳하지 않고 뻔뻔하게 여겨지기도 했다. 더구나 내가 막 소설을 쓰기 시작하던 1980년대 초반의 우리 사회 분위기는 꽤 엄숙하고 또 엄격했다. 소설을 가지고 사회에 적극적인 기여를 해야 한다는 요청은 그 당시로서는 부당한 것은 아니었겠으나 어떤 사회적 기여에 대한 의식이 투철하지 않은 신인 작가를 주눅 들게 하기에는 충분했다. 나는 내가 얼치기 같다는 생각을 자주 했다. 그저 이것을 하지 않을 수 없어서, 이것을 하면 견디기 힘든 세상을 그나마 견딜 수 있기 때문에 할 뿐이라는 생각을 막연히 하고 있었기 때문이다. 나를 포함해서 그 시대를 함께 사는 사람들에 대한 안쓰러움과 연민, 누구를 향한 것인지 알 수 없는 죄의식과 잘못 작동되는 기계의 조작을 받고 있다는 불안 같은 것에 휩싸여 있긴 했다. 하지만 그것은 명쾌하지 않았고, 개인적인 사연과 결부되어 있었고, 어찌나 개인적인지 은밀하기까지 했고, 다 큰 사람이 엄살을 부리는 것처럼 볼썽사납게 생각되기도 했다. 나는 내 문학에 대해 확신할 수 없었는데, 그것은 나에 대한 확신을 가질 수 없었기 때문이다. 내 소설에 어떤 힘이 있다는 믿음도 없었고, 실제로 그런 것이 있을 리 없었다.

그런데 소설을 읽은 독자들로부터 어떤 목소리가 들려왔다. 물론 아주 소수이고 띄엄띄엄이지만, 내 글의 어떤 부분에서 공감했다든지 위로받았다든지 나와 같은 경험을 한 적이 있다든지 비슷한 감정을 느낀 적이 있다든지 상처를 어루만지는 것 같았다든지 하는 독후감이 전해져왔다.

책을 읽을 때 읽는 사람의 마음속에서 도대체 무슨 일이 일어나는 걸까? 무슨 일인가 일어나는 건 맞지만, 그 일은 그 일이 일어날 때까지는 무슨 일이 일어날지 알 수 없었던 일이다. 내미는 손을 잡을 수밖에 없어서 잡았을 때에야 일어나는, 알 수 없는 어떤 일이 그런 것처럼. 무슨 일이 일어날지 미리 알고, 노리고, 겨냥해서 손을 잡거나 글을 쓰는, 이른바 기획된 행동이나 문학에 대해서는 나는 할 말이 별로 없다. 거기서도 무슨 일이 일어나긴 하겠지만 적어도 무슨 일이 일어날지 모른 채, 의도도 목적도 없이, 그렇게 할 수밖에 없어서 손을 잡거나 글을 쓰는 곳에서 일어나는 일과는 같지 않을 것이다.

0

엔도 슈사쿠의《예수의 생애》는 독특한 시각으로 쓴 예수전이다. 그 책에서 인상적인 것은 많은 아픈 사람들을 고친 예수의 기적적 치유 사건에 대한 작가의 해석이다. 한 예로 혈루증을 앓고 있는 여인에 대한 이야기가 있다.

> 혈루증이라는 불치의 병에 걸린 여인이, 그 괴로움을 이기지 못하여 예수를 보려고 모여든 군중들 틈에 끼었다가 그의 옷을 조심스럽게 만져본다. 여인으로서는 지푸라기라도 잡고 싶은 심정이었으리라.
>
> 조심스럽게 와 닿은 손가락으로 예수는 그녀가 오늘날까지 겪은 모든 괴로움, 그 지푸라기라도 잡으려 하는 심정을 알아

챈다.

"누군가 내 옷에 닿았다." 하고 그는 제자를 돌아본다. 제자들은 웃으며 대답한다.

"이렇게 많은 사람이 모여들었으니 부딪치는 것도 하는 수 없지 않습니까."

"아니, 그게 아니다." 예수는 고개를 저으셨다. "누가 내 옷을 만졌다."

엔도 슈사쿠는 이 이야기가 의미 있는 것은 그녀의 병이 예수의 능력으로 기적적으로 치유되었기 때문이 아니라, 예수가 조심스레 다가와 옷깃을 만지는 그 여인의 손가락에서 그녀의 안타까움과 고통을 느꼈기 때문이라고 주석한다. 옷에 살짝 닿기만 했는데도 여자의 마음속 괴로움에 공감하고 뒤돌아보는 섬세하고 예민한 마음. 위로가 필요한 사람을 알아보는 동정과 공감의 감각. 그는 복음서에 기록된 예수의 모든 기적의 배후에서 이런 것을 읽어낸다. 실제로 예수는 기적과 표적만 바라고 자기를 따르는 추종자들을 나무란 적이 있다. 그는 기적을 기획하는 자가 아니었다. 예수에 의한 그 모든 치유의 기적은 애초에 예수가 의도한 것은 아니었다고 이해하는 것이 옳은 해석일 것 같다. 그는 자기 옷깃이라도 만지려는 한 병든 여인의 간절함을 마음으로 읽었고, 거기서 고통과 아픔의 호소를 들었고, 그랬으므로 회피할 수 없었고, 그럴 경우에 어쩔 수 없이 그래야 하듯 마음 깊은 곳으로부터 손을 내밀었던 것뿐이다. 그랬을 뿐인데, 놀라운 일(기적)이 그때 일어났다.

물론 이런 일은 흔하게 일어나지 않는다. 문학이 늘 대단한 일을 일으키고 항상 요란한 관심을 끌 수는 없는 일이다. 아니, 그런 것을 기대하는 것이야말로 기적과 표적을 구하는 심리와 한통속일 것이다. 아픔을 내장하지 않은 문학, 가지가지 욕망의 주문에 따라 기획되고 전시되는 문학이 시장을 휩쓸고 있는 것이 현실이지만 그 한쪽 구석에는 그러나 아직도 표현할 수 없는 아픔을 표현하기 위해 손을 내밀고, 내민 손의 간절함을 피하지 못해 어쩔 수 없이 그 손을 잡는 문학이 쓰이고 읽히고 있다고 믿고 싶다. 가끔 뜻밖의 치유가 일어나는 곳이 그런 곳이라는 것도.

쓸 수 있는 글

0

중요한 것은 중요하기 때문에 써야 한다. 그러나 중요한 것은, 중요하기 때문에 섣불리 쓰지 말아야 한다. 어떤 중요한 것들은, 중요하기 때문에 쓰이고, 어떤 중요한 것들은 중요하기 때문에 쓰이지 않는다.

0

물에 빠져 허우적거리는 동안은 글을 쓰지 못한다. 물속에서 허우적거리며 글을 쓸 수 있는 능력을 가진 사람은 아무도 없다. 물속에 있는 사람이 할 수 있고 해야 하는 유일한 일은 허우적거리는 것이다. 그것뿐이다. 물속의 허우적거림에 대해 글을 쓰려면 일단 그곳에서 빠져나와야 한다. 그것이 우선이다. 물속에서 나온 사람은 물속에서 허우적거렸기 때문에, 그 허우적거림에 대해 쓸 수 있다. 물 밖으로 나왔기 때문에 물속의 일을 쓸 수 있다. 어떤 행위는 물 밖으로 나오자마자 쓸 수 있다. 그런가 하면 한참을 기다려야 쓸 수 있는 것도 있다. 거의 평생이 걸리는 것도 있다. 그러다가 쓰지 못하는 것도 있을 수 있다. 어떤 경우든 행위자의 행위가 앞에 있고, 그 행위에 대한 서술이 뒤따른다는 사실은 달라지지 않는다. 과거형으로 쓰인 문장이 안정적인 이유이다.

그렇지만, 어떤 행위에 대한 서술이 나올 때까지 그 행위의 실체를 알 수 없는 것도 사실이다. 물속에서 허우적거리는 사람은, 허우적거리는 사람이 자기이면서도, 자기가 어떻게 허우적거리는지 알 수 없고, 알 여유가 없고, 알아야 할 필요도 없다. 물 밖으로 나온 사람은, 자기가 물속에서 어떻게 허우적거렸는지 알 여유가 있고, 알아야 할 필요가 있고, 비로소 알 수 있게 된다. 그러니까 글을 쓰는 것은 행위를 할 때는 알지 못하던 것, 알 수 없던 것, 알 필요가 없던 것을 알아내는 방법이다. 어떻게 했는지, 왜 했는지, 잘했는지, 다르게 할 수는 없었는지 따져보게 하는 방법이다. 글이 쓰임으로써 비로소 행위의 구체가 모습을 드러내는 것이라면, 이것은 없었던 것을 있게 하는 방법이라고 할 수 있다. 즉 존재를 출현시키는 방법이다. 서술되지 않은 것은, 서술되기까지는 아직 존재하지 않은 것이다. 존재하더라도, 형체를 갖추지 않은, 그러니까 창조 전의 그 혼돈과 공허, 깊음 위에 있는 어둠과 같은 상태로, 그러니까 워낙 막연해서 무어라고 말할 수 없는 상태로, 그러니까 존재하지 않는 것과 같은 상태로 존재한다.

> 하나님이 이르시되 빛이 있으라 하시니 빛이 있었고 (……) 하나님이 이르시되 천하의 물이 한곳으로 모이고 뭍이 드러나라 하시니 그대로 되니라. (……) 하나님이 이르시되 땅은 풀과 씨 맺는 채소와 각기 종류대로 씨 가진 열매 맺는 나무를 내라 하시니 그대로 되어……. (창세기, 1장 3절~11절)

하나님이 말을 하면 세상이 태어난다. 창세기의 하나님은 말을 통해 혼돈과 공허, 깊음 위에 있는 어둠 속에서 존재를 불러낸다. 창조의 신은 서술자이다. 서술이 창조의 방법이다. 서술에 의해 없던 것이 있는 것이 되고, 알 수 없던 것이 알 수 있는 것이 된다면, 서술자는 저 창세기의 창조신과 같다.

0

쓰고 싶은 것을 쓰거나 써야 하는 것을 쓴다. 그러나 어느 쪽이든 쓸 수 있는 것이 아니면 쓰지 못한다. 쓰고 싶은 것도 쓸 수 있어질 때까지는 쓰지 못하고, 써야 하는 것도 쓸 수 있어질 때까지는 쓰지 못한다.

0

검열관이 내부에 있어야 한다. 내부에만 있어야 한다. 권력기관이든, 상업자본이든, 아니면 독자라고 불리는 문학 소비자든, 외부의 검열관은 문학의 자율성을 침해하고 작가의 창작 능력을 위축시키기 때문에 거부해야 마땅하다. 권력기관의 검열에 대해서는 누구나 예민하고 관점이 뚜렷해서 의견이 갈리지 않는다. 상업자본과 문학 소비자들의 검열에 대해서는 별로 예민하지 않고 관점이 뚜렷하지 않으며 의견도 일치하지 않는 것 같다. 검열이라고 인식하지 않거나 대수롭지 않게 여기거나, 심지어 어떤 경우에는 적극적 수용의 편에 서거나 한다. 이유가 없지 않다. 가령 권력기관의 지시가 이렇게 저렇게 '하지 마라'인 반면, 이 검열기관들의 명령어는 이렇게 저렇게 '하라'여서 검열이 아닌 것 같은 착각을 조장하기가 쉽다. 검열은 무엇을 하지 못하게 금하는 것이라는 상식적인 인식이 이 착각과 위장의 내부에 웅크린 동기이다. 하지 못하게 하는 것이 아니라 하라고 부추기므로 검열로 인식되지 않는 것이다.

'하지 마라'라는 명령어는 어떤 행동을 하는 것을 그만두라는 뜻이다. '하는 것'을 하지 말라는 뜻이다. 부정과 금지의 명령어이다. 긍정과 허락의 명령어로 인식되는 '하라'는 어떤 행동을 '하지 않는 것을 하지 마라'는 뜻으로 해석할 수 있다. 하지 않는 것을 하지 못하게 한다는 점에서 '하라' 역시 부정과 금지의 명령어이다. 상업자본과 변화된 문학 시장이 쓰고 있는 이 긍정과 허락('하라')의 가면이 이 검열을 눈치채지 못하거나 눈치채지 못한 척하게 한다. 그러니까 이 검열이 훨씬 교활하고 위협적이다.

내부에 검열관이 없을 때 이런 현상이 발생한다. 내부에 있는 검열관이 하는 일은 검열관의 복장을 벗고 응원군처럼 위장한, 그래서 그들이 하는 일이 검열임에도 불구하고 검열로 보이지 않거나 검열로 보이지 않은 척 눈감을 수 있는 구실을 만들어주는 이 새로운 외부의 검열관들을 분별하고 경계하는 것이다.

무엇이든 쓸 수 있고 어떻게든 쓸 수 있다. 쓸 수 없는 것이 없을 뿐 아니라 쓰면 안 되는 형식도 없다. 무엇이든 마음 내키는 대로 쓰라는 요구가 자유를 고리로 주어지고 있는데, 이 자유는 강요에 가깝다. 강요에 가까운 자유라니, 수상하지 않은가. 바울은 고린도 교회에 보낸 편지에서, 모든 것이 다 허용되지만 모든 것이 다 유익한 것은 아니고, 모든 것이 다 허용되지만 모든 것이 다 덕을 세우는 것은 아니라는 취지의 말을 했다. 자유를 가지고 서로 종노릇하라는 구절도 그가 한 말이다. 이 말은 모순처럼 들린다. 자유롭다면 종일 수 없고, 종이라면 자유로울 수 없기 때문이다. 그러나 참으로 자유롭다면 자기 자유를 쓰지 않을 자유까지도 가져야 할 것이다. 부자유를 택할 자유가 보장되어 있지 않다면 완전하게 자유롭다고 할 수 없을 것이다. 부자유를 선택할 자유를 확보하지 못한 사람은 자유에 얽매인 사람이고, 자유로부터 자유롭지 못한 사람이라고 해야 할 것이다. 자기에게 주어진 자유를 쓰지 않을 자유를 갖지 못했다면 그 자유는 반쪽짜리 자유라고 해야 할 것이다. 모든 것이 허용된다고 다 유익한 것이 아니다.

이렇게 써도 될까, 이렇게 쓰면 안 되는 것이 아닐까, 이렇게 거침없이 마구 써도 될까, 무엇이든 마음 내키는 대로, 이렇게 자유롭게 쓰는 것이 정말로 자유로운 글쓰기일까……, 돌아보고 반성하고 망설이고 주저하며 몇 번이나 지웠다가 쓴 흔적이 느껴지는 문장들을 읽을 때면 가슴이 뭉클해진다. 자기에게 주어진 자유를 반성 없이 사용해서, 거리낌없이 마구 써댄 문장들이 눈에 띄지 않을 수 없는 것처럼, 이렇게 망설이고 돌아보며 쓴 문장들도 눈에 띄지 않을 수 없다. 저 문장들이 내부에 검열관을 두지 않아 외부의 교활한 검열관들의 '하(지 않는 것을 하지 마)라'는 지시에 따르고 있는 것처럼, 이 문장들은 내부에 검열관을 두어 외부의 교활한 검열관들의 '하지 않는 것을 하지 마라'는 지시를 거부하고 있다.

검열관이 내부에 있어야 한다. 내부에는 있어야 한다.

0

자욱한 안개 속에 서 있는 사람의 이목구비는 흐릿하게 보인다. 흐릿한 게 당연하다. 아니, 흐릿하지조차 않을 수 있다. 안개 속에 있는 사람의 눈과 코와 입과 귀는 보이지 않고, 보이지 않은 채 있는 것으로 추정된다. 있는 것이 보여서 식별되는 것이 아니라 있어야 할 곳에 있는 것으로 추정되어서 보이는 것으로 받아들여진다. 그러니까 안개 속에 서 있는 사람의 이목구비는 있는 그대로의 이목구비가 아니고 보는 사람의 머릿속에 그려진, 있는/있을 것으로 추정된 이목구비다. 그 사람의 이목구비가 또렷하지 않은 것은 안개 때문이지 그 사람 탓이 아니다. 안개를 탓할 수는 있지만 그 사람을 탓할 수는 없다는 뜻이다. 그러니까 안개 속에 있는 사람을 그릴 때는, 사람과 함께 안개도 나타나야 하므로 굳이 그 사람의 이목구비를 또렷하게 표현할 필요가 없다. 아니, 그러지 말아야 한다.

반면에 내리쬐이는 한낮의 햇빛 속에 서 있는 사람의 이목구비는 흐릿할 수 없다. 한낮의 햇빛 속에 있는 사람의 이목구비는 안개 속에 있는 사람의 이목구비와는 달리 보는 사람이 추정해서 그려낸 이목구비가 아니다. 햇빛 속에 있는 사람의 또렷한 이목구비를 굳이 추정해서 그려낼 이유가 없다. 그럴 리가 없지만, 만일 그 사람의 이목구비가 또렷하게 보이지 않는다면, 그것은 햇빛 때문이라고 할 수 없다. 그 사람을 탓할 수는 있지만 햇빛을 탓할 수는 없다. '햇빛이 사물을 흐릿하게 한다'는 문장은 비문이다. 그러니까 햇빛을 받고 있는 사람을 그릴 때는, 사람과 함께 햇빛도 나타나야 하므로 그 사람의 이목구비를 또렷하게 표현하지 않으면 안 된다. 다른 방법이 없다. 안개 속에 있는 사람처럼 흐릿하게, 식별이 되지 않게 하면 안 된다. 햇빛 아래서는 감출 수 없다. 흐릿할 수 없다. 추정하라고 요구할 수 없다. 모든 것을 드러내 보이는 햇빛의 가혹함을 따르지 않을 다른 방법이 없다.

0

불친절한 사람(이라고 규정된 사람)이 행한 불친절한 행동을 문제삼는 사람은 많지 않다. 문제삼음으로써 친절을 이끌어낼 수 있다는 기대를 하기가 어렵기 때문에 지적하지 않는다. 불친절한 사람(이라고 규정된 사람)에게 불친절은 본성과 같아서 그의 불친절이 부자연스럽지 않게 여겨지는 까닭도 있다. 불친절한 사람은 이상한 방식으로 용납된다.

반면에 친절한 사람(이라고 규정된 사람)이 행한 불친절한 행동을 문제삼지 않는 사람은 많지 않다. 문제삼음으로써 친절을 이끌어낼 거라는 기대를 하기가 어렵지 않기 때문에 친절한 사람의 불친절한 행동은 지적의 대상이 된다. 친절한 사람(이라고 규정된 사람)에게 친절은 본성과 같아서 그의 불친절이 부자연스러운 것으로, 이치에 맞지 않는 것으로 여겨지는 까닭도 있다. 친절한 사람은 이상한 방식으로 거부된다.

불친절한 사람이 받지 않는 간섭을, 친절한 사람은 친절하기 때문에 받는다. 그러니까 불친절하다는 지적을 받지 않으려면 둘 중 하나를 택해야 한다. 아예 철저하게 불친절한 사람이 되거나(불친절한 사람으로 규정되거나), 철저하게 친절해지는 것이다. 그렇게 하는 것이 불친절에 대한 이의 제기의 가능성을 없애는 길이다. 언제나 어중간한 것이 문제다. 불친절하지도 못하면서 친절하지도 않은 것. 불친절한 능력도 없으면서 친절을 베풀지도 못하는 것. 친절하기가 쉽지 않다고 생각하지만, 실은 철저하게 불친절하기도 여간 어려운 것이 아니다. 친절하기로 해놓고 불친절한 사람처럼 행동해서는 안 된다. 햇빛 한가운데 있는 사람의 운명과 같다. 쏟아지는 햇빛 가운데 있으면서 이목구비를 보여주지 않는 것은 허용되지 않는다.

0

불친절한 사람이 처음부터 정해져 있는 것처럼 말할 수 있는가, 하고 질문하는 것은 타당하다. '친절한 사람의 불친절한 행동'이라는 표현에 대한 이의제기가 이치에 맞지 않다고도 할 수 없다. 그러나 불친절한 행동을 하기 때문에 불친절한 사람이라고 불리는 것이지, 불친절한 사람이 불친절한 행동을 하는 것이 아니라는 주장은, 친절한 사람도 때로 불친절한 행동을 하고 불친절한 사람도 때로 친절한 행동을 하는 까닭을 해명하기 어렵다. 앞의 문장('친절한 사람도 때로 불친절한 행동을 하고, 불친절한 사람도 때로 친절한 행동을 한다.')이 모순 없이 성립되려면 불친절한 사람과 친절한 사람이 불친절한 행동과 친절한 행동 이전에 존재해야 한다. 즉 불친절한 사람과 친절한 사람이 미리 정해져 있어야 한다. 존재가 행동에 앞서야 한다.

사과나무는 사과가 열렸기 때문에 사과나무인가, 사과나무이기 때문에 사과가 열리는 것인가. 사과가 열렸기 때문에 사과나무라고 한다면, 사과가 열리지 않을 때는 사과나무가 아니라고 해야 하는가. 심은 지 얼마 안 되어서 혹은 계절이 맞지 않아서 사과 열매가 달려 있지 않을 때 그 나무는 사과나무가 아닌가. 사과 열매가 열릴 때까지 그 나무는 사과나무일 수 없는가. 사과 열매가 떨어지고 나면 그 나무는 이제 더 이상 사과나무가 아닌 것이 되는가. 그렇지 않다. 사과 열매를 달고 있지 않을 때도 이 나무는 사과나무 외에 다른 어떤 나무일 수 없다. 사과 열매를 맺지 않고 있는 동안에도 이 나무는 사과나무일 뿐이다.

0

나는 지금 소설과 문장에 대해 생각하고 있다. 단어들

의 선택, 선택된 단어들의 배열과 조합으로 이루어진 문장들, 그 문장들이 놓이고 쌓여 만들어진 조형물로서의 소설에 대해. 어떤 소설은 안개 속에 서 있는 사람들을 그린 것처럼 이목구비가 흐릿하고, 흐릿한 것으로 충분하고, 어떤 소설은 햇빛 쏟아지는 벌판에 서 있는 사람들을 그린 것처럼 이목구비가 또렷하고, 또렷하지 않으면 충분하지 않다. 어떤 문장들은 불친절한데도 친절하지 않다는 비평의 대상이 되지 않는데, 심지어 그 불친절로 인해 발생하는 어떤 효과에 대해 호의적인 평가를 받기도 하는데, 어떤 문장들은 친절하고, 친절하려 애쓰는데도, 사소한 부주의로 인해 생긴 것으로 추측되는, 고의적이지 않은 불친절로 인해 친절하지 않다는 불만의 대상이 되고, 그 불친절로 인해 발생하는 어떤 효과에 대해 부정적인 평가를 받는다. 어떤 소설은 왜 이목구비를 흐릿하게 써도 괜찮은데, 어떤 소설은 그러면 안 되는가. 어떤 소설은 문장과 문장 사이가 비어 있고 인과 관계가 명확하지 않은데도 문제가 되지 않는데, 어떤 소설은 문장과 문장 사이의 아주 작은 빈틈이 문제가 되고 인과 관계에 지나친 엄격함이 요구되는가.

불친절한 사람의 불친절이 본성과 같아서 이의 없이 받아들여지는 것처럼, 그리고 안개 속의 흐릿한 이목구비가 자연스럽게 받아들여지는 것처럼 불친절한 문장들 역시 본성과도 같아서 의심의 대상이 되지 않고 용납된다. 그러나 친절한 문장들 속에 끼어 있는 고의적이지 않은 불친절한 문장들은, 친절한 사람의 불친절이 본성에 어긋난 것으로 여겨져서 받아들여지지 않는 것처럼, 그리고 햇빛 아래 있는 인물의 흐릿한 이목구비가 그런 것처럼 의심의 대상이 되며 용납되지 않는다.

부주의한 것이 아니라 고의적인 불친절이어야 한다. 햇빛 쨍쨍하게 해놓고 이목구비를 흐리거나 친절하기로 해놓고 불친절해선 안 된다는 뜻이다.

나는 나 외에 아무도 대표하지 않는다

0

나는 나 외에 아무도 대표하지 않는다, 나 외에 다른 누구도 나를 대표하지 않는다,라고 나는 말한다.

그런데 내가 나를 대표한다는 것은 사실일까. 나의 무엇을? 내가 대표하는 나, 나를 대표하는 나를 나는 신뢰할 수 있을까. 어떤 나는 낯익고 어떤 나는 낯설다. 어떤 나는 너무 낯익어서 나 같지 않고 어떤 나는 너무 낯설어서 나 같지 않다. 잘 보기 위해 만들어진 망원경과 현미경이 잘하는 일은 왜곡이다. 적어도 육안의 왜곡인 것은 확실하다. 배율 좋은 망원경과 현미경일수록 왜곡의 배율도 높다. 그것들은 자아를 무한히 확장하고 한없이 축소한다. 확장이든 축소든 제대로 된 반영이 아니다. 위대함도 비참함도 실제와 거리가 멀다.

잘 보려고 하는 나의 눈에 잘 보이는 것은 잘 알 수 없는 나이다. 가장 알 수 없는 사람이 내 자신이다. 나는 나를 믿을 수 없고 나를 믿을 수밖에 없다. 나는 나를 사랑할 수 없고 나를 사랑할 수밖에 없다. 나는 나를 혐오할 수 없고 나를 혐오할 수밖에 없다. 나는 나일 수 없고 나일 수밖에 없다. 나는 나의 주인이고 나의 종이다. 나는 너무 많다. 너무 많은 나들 가운데 어느 하나가 나를 대표하는 것이 아니고 각각의 나들이 합쳐져서 하나의 온전한 나를 이루는 것도 아니다. 어떻게 말해도 충분히 말해지지 않는 것이 사람이다. 어떻게 말해도 충분하지 않으므로, 않음에도 불구하고 어떻게든 말해야 하므로 모든 말은 불완전하다. 어떻게든 말하는 것은 일종의 허우적거림이다. 이 몸짓은 무엇이라도 하지 않을 수 없는 처지에 놓인 자가 하는 무엇이다.

0

나는 내가 아닌 것들로 이루어져 있다. 내가 입고 있는 옷, 내가 먹는 음식, 내가 읽는 책, 내가 고개 숙이는 신, 내가 마시는 공기, 내가 받거나 입힌 상처, 흘리거나 흐르게 한 눈물, 길, 방, 기도, 한탄, 죄, 내가 놓인 시간과 공간, 내가 만나는 너와 그와 그녀, 그리고 너와 그와 그녀를 이루고 있는 옷, 음식, 책, 신, 공기, 상처, 눈물, 길, 방, 기도, 죄……그것들이 나다. 나는 따로 없다. 내가 아닌 것들이 나다. 그러니까 내가 나에 대해 말하는 것은 나에 대해서만 말하는 것이 아니고 나를 이루고 있는 옷과 음식과 책과 신과 공기와 상처, 눈물, 길, 방, 기도, 한탄, 죄, 시간과 공간, 너와 그와 그녀에 대해서도 말하는 것이다. 그들을 이루고 있는 요소들에 대해서도 말하는 것이다. 너와 그와 그녀, 그리고 너와 그와 그녀를 이루고 있는 요소들에 대해 말하지 않은 채 나에 대해 말할 수 있는 방법은 없다. 그들과 그것들은 나에 대해서 말할 때 저절로 말해진다. 가장 잘 말해진다. 그들과 그것들에 대해 따로 말할 필요가 없고 따로 말할 수도 없다. 나를 잘 말하는 것이 그들과 그것들에 대해 잘 말하는 방법이다. 나를 잘 말하지 못할 때 잘 말해지지 않는 것은 나만 아니라 그들과 그것들이다.

한 사람에 대해 말함으로써 그 사람을 둘러싼 모든 것에 대해 말하는 방법으로 말해야 한다. 내가 나를 제대로 대표할 때 나는 나만 아니라 너와 그와 그들도 대표한다. 나를 형성하고 나에 의해 형성된 너와 그와 그들을 대표한다.

0

중요한 것을 쓰는 것이 아니라 절실한 것을 쓴다. 중요한 것을 쓰려고 할 때 나는 나 아닌 누구, 혹은 무엇을 대표하려는 욕망, 그래야 한다는 사명의 유혹을 받는다. 물론 역할 수

행에 대한 안팎의 요구는 정당하고 윤리적이다. 그러나 너, 그, 그녀가 아무리 중요하다고 해도, 나 빼고 말해지는 너, 그, 그녀가 마땅히 말해져야 하는 너, 그, 그녀인지는 고려해보아야 한다. 다만 중요하다는 이유로 역할을 떠맡는 것은, 그 중요한 것이 나의 외부에 있을 때, 정당하고 윤리적이라고 말하기 어렵다. 나를 빼고 나 외의 중요한 누구, 혹은 무엇에 대해 발언 하려는 욕망에 의해 나온 말은, 의도와 상관없이, 아니 실은 그 의도 때문에, 그 중요한 누구, 혹은 무엇의 중요함을 도리어 훼손할 수 있다. 의도와 상관없이, 아니 실은 그 의도 때문에 말한 것이 말하지 않은 것만 못한 경우가 발생한다.

중요한가를 묻지 말고 절실한가를 물어야 한다. 나를 빼고 나 아닌 것에 대해서 말하는 식으로는 절실함을 표현할 수 없다. 내가 관여된 것만이 절실하다. 내가 관여된 모든 것이 아니라 내가 관여된 어떤 것이 절실하다. 내가 관여되지 않은 어떤 중요한 것도 절실하지 않다. 중요한 것이 다 절실한 것이 아닌 것처럼 절실한 것이 다 중요한 것도 아니다. 절실하지 않은 중요한 것을 말한다고 중요한 것이 절실해지지는 않는다. 그러나 중요하지 않은 절실한 것을 말할 때 그 절실한 것은 때때로 중요해진다. 절실한 나에 대해 말함으로써 나는 내가 아닌 것, 내가 아니지만 내가 아닐 수 없는 것들에 대해서 말한다. 절실한 것만 쓰려고 할 때 나는 나 아닌 누구, 혹은 무엇을 대표하려는 욕망, 그래야 한다는 사명의 유혹으로부터 자유로워진다. 그런 것에 휘둘리지 않는다. 그런 것에 휘둘리지 않을 때 나는 나와 함께 나 아닌 누구, 혹은 무엇을, 의도와 상관없이, 아니 실은 나 아닌 것에 대해서는 말하지 않겠다는 그 의도로 인해 표현할 수 있게 된다. 나를 말하는 것이 너, 그, 그녀를 말하는 것이다. 나를 잘 말하는 것이 너, 그, 그녀를 잘 말하는 것이다. 그것으로 충분하다.

0

그것으로 충분하지만, 한 번도 충분히 충분해본 적이 없다. 과장이거나 축소, 위대함이거나 비참함. 어떤 배율의 망원경과 현미경으로도 실제를 반영하는 데 성공하지 못한다. 망원경과 현미경의 배율을 탓하지 말아야 한다. 그렇지만 불행하게도 상황이 달라질 거라고 기대할 수 없다. 나는 내가 가장 모르는 사람이기 때문이다. 내 말과 글이 허우적거림인 이유이다. 그러나 모른다는 것은 하지 말아야 할 이유가 아니고 꾸준해야 할 이유이다. '우리가 지금은 거울로 보는 것같이 희미하나 그때에는 얼굴과 얼굴을 대하여 볼 것이다.'(고린도전서, 13장 12절.) 그때가 오기 전까지 허우적허우적 구리거울을 닦아가며 희미하게라도 계속 보아야 한다.

시간과 체력과 돈과 인내, 그리고

허먼 멜빌의 소설《모비딕》32장에는 '고래학'이라는 제목이 붙어 있다. 작가는 고래학의 체계에 관한 밑그림을 제시하겠다는 의욕을 가지고 고래를 세밀하게 분류하는 작업을 한다. 대부분의 소설 독자들은 이 장을, 이와 유사한, 고래에 대한 전문적 식견을 뽐내는 몇 개의 장과 마찬가지로 건성으로 읽거나 건너뛰거나 한다. 나도 그런 독자 가운데 한 사람인데, 그 부분을 슬쩍슬쩍 넘기며 읽다가 장이 끝나는 부분에서 흥미로운 문장을 발견하고 앞으로 되돌아가 다시 꼼꼼히 읽은 기억이 난다.

이 소설의 서술자는 이슈마엘이라는 선원이다. 그는 고래학의 어려움을 토로하고 자신의 고래 분류가 미완성이라는 것을 고백한다. 탑 꼭대기에 아직 기중기를 세워둔 채 미완성

《모비딕》, 허먼 멜빌,
김석희 옮김, 작가정신, 2010년.

으로 남아 있는 쾰른 대성당을 언급하며 그는 웅장하고 참된 건물은 다음 세대에게 넘겨주는 법이라고 말한다. 작은 집은 혼자 짓지만 큰 건물은 여러 세대에 걸쳐 완성된다는 말로 자기를 위로한다. 이 장의 마지막에 있는 문장들은 다음과 같다.

"신이여, 내가 아무것도 완성하지 않도록 보살펴주소서! 이 책도 전체가 초고, 아니, 초고의 초고일 뿐이다. 오오, 시간과 체력과 돈과 인내를!"

이것은 물론 《모비딕》의 소설 속 서술자인 이슈마일의 말이다. 그가 초고의 초고일 뿐이라고 말하고 있는 '이 책'이 그의 고래학이라는 것도 확실하다. 그런데 그 문장을 읽을 때 내 귀에는 무엇 때문인지 《모비딕》의 작가 멜빌의 목소리가 들렸다. 고래학의 체계를 세우는 일의 어려움에 대한 서술자 이슈마일의 토로가 아니라 《모비딕》이라는 대작을 쓰고 있는 작가 멜빌의 한탄과 염원으로. 내 머릿속으로 이런 생각이 떠올랐다. 그는 대작을 구상했고 집필을 시작했지만, 어느 순간 어떤 이유로 창작의 동력을 잃고 그만 포기해버릴 위기에 처한 것이 아닐까. 마지막 문장은 나의 이런 생각에 은근한 무게를 실어준다. '오오, 시간과 체력과 돈과 인내를!'

나는 떠올린다. 더딘 집필 속도와 생활에 대한 염려로

지친 작가는 한탄하듯 '오오, 시간과 체력과 돈과 인내를!' 하고 중얼거린 다음, 자기가 내뱉은 그 문장을 무의식적으로 원고의 여백에 연필로 써넣는다. 스스로에게 용기를 불어넣기 위해 기원이나 넋두리처럼 원고지의 여백에 쓴 낙서 같은 것이 편집 과정에서 텍스트의 일부가 되어버린 것이 아닐까. 물론 나의 이런 생각에 무슨 근거가 있는 것은 아니다. 그런데도 나는 멜빌이 이 책의 32장 어간에서, 그러니까 한국어 번역본으로 194페이지(김석희 옮김, 작가정신)를 쓸 무렵에 이 소설을 그만 중단해버릴까, 고민했을 것만 같다. 거기서 그가 중단해버렸다면 우리는 이 엄청난 소설을 읽을 기회를 갖지 못했을 것이다. 그러나 그는 그 위기를 넘기고 684페이지짜리 장편소설을 완성했다. 그때까지 쓴 것의 3배가 넘는 분량을 더 쓴 것이다. 그가 《모비딕》을 완성하기 위해서는 그전에 들인 것보다 3배가 넘는 시간과 체력과 돈과 인내가 필요했을 것이다.

0

어떤 시점에 어떤 이유인가로 중단해버린 바람에 독자들이 읽을 수 없게 된 누군가의 어떤 소설을 생각한다. 시간과 체력과 돈과 인내를 얻지 못해 탄생하지 못한 명작이 없다고 말할 수 없다. 나는 신춘문예를 비롯해서 공모전에 수없이 떨어진 어떤 소설가 지망생이 이번에 떨어지면 그만두겠다고 마음먹고 마지막으로 응모한 신춘문예를 통해 등단했다는 이야기를 들었다. 등단 후 그는 좋은 소설들을 많이 썼다. 그가 시간이든 체력이든 돈이든 인내든, 그밖에 어떤 것 때문이든 한 발자국 앞에서 포기했다면 작가가 될 수 없었을 것이고, 우리는 그의 좋은 소설들을 읽을 수 없었을 것이다.

0

멜빌이 멈추지 않고 계속 쓰기 위해 필요하다고 언급한 것들 가운데 어떤 것은 자기 안에서 끌어내야 하는 것이고, 어떤 것은 밖에서 주어져야 하는 것이다. 넋두리 같기도 하고 기원문의 형식을 가진 것도 같은 그의 문장은 자기를 향해 다짐하고 있는 것으로 보인다. '시간과 체력과 돈과 인내'라는 목록은 철저한 자기 관리를 요구하지만, 동시에 철저한 자기 관리만으로 달성되지 않는 영역을 포함하고 있다. 인간의 의지와 노력은 인간의 손이 닿지 않는 영역에 닿아 있다는 것을 우리는 안다. 행운이라고도 하고 은혜라고도 불리는 자리이다.

그래서 나는 멜빌의 이 응원 목록에 행운, 또는 은혜를 추가해야 한다고 생각한다. 사람이 자기가 추구하는 것을 이루기 위해 무엇보다 치열해야 하지만, 동시에 겸손해야 하는 이유이다.

보여주려고 한 것과 보여준 것과 본 것

0

"빌어먹을 놈의 봄 같으니!" 단편소설 작가 아달베르트는 봄을 욕한다. 핏속에 단정치 못한 생각들을 스멀거리게 하고 온당치 못한 욕정으로 사람을 불안하게 만들기 때문에 차분하게 앉아 글을 쓸 수 없다는 것이 이유이다. 토마스 만의 소설《토니오 크뢰거》에 나오는 이야기다. 어디 봄만 그럴까? 글쓰기 좋은 날이 따로 있다고 말할 수 있을까? 눈이 내리거나 바람이 불거나 단풍색이 예쁘거나 햇살이 눈부시거나 비가 내리거나…… 사람의 마음을 뒤숭숭하게 만들지 않은 날이 언제인가. 기억을 일깨우거나 욕망을 충동질하거나 나른하게 주저앉히거나 몽롱하게 만들거나 하지 않는 날이 언제인가.

일하기 좋은 날은 없다. 일하기 좋은 날은 놀기에도 좋

토마스 만(Thomas Mann)

은 날이기 때문이다. 일하기 좋은 날이 따로 없는 것은 그런 날만 일해선 안 되기 때문이다. 그러면 좋겠지만 그러면 안 되기 때문이다. 모든 좋은 날은 실은 놀기 좋은 날이다. 어떤 좋은 날도 글쓰기에 좋은 날일 수 없다. 어떤 시간도 글쓰기에 좋은 시간일 수 없다. 가령 밤은 글쓰기에 좋은 시간일까? 설마! 영화 보기 더 좋은 시간이고, 잠을 자기에 더 좋은 시간이고, 술을 마시기에 더 좋은 시간이 밤이다. 글쓰기에 좋은 시간은 없다. 대개의 경우 글쓰기는 하고 싶어서 하는 일이 아니라 해야 해서 하는 일이기 때문이다.

그래서 토마스 만의 이 단편소설 작가는 카페로 간다. 카페야말로 계절의 변화에 구애되지 않는 중립지대이기 때문이라는 것이다. 고결한 착상을 떠올릴 수 있는 황홀하고 숭고한 문학적 공간이라는 과장된 찬사가 이어진다. 설마! 카페가 그렇게 엄청난 위력을 가진 공간이란 말인가? 카페가 계절과 날씨의 유혹으로부터 작가를 지켜주는 안정된 공간이라면, 펫속에 단정치 못한 생각들을 집어넣는 그 묘한 계절의 기운이 카페까지는 쳐들어오지 않는다는 게 사실이라면, 뭐 그렇게 욕할 필요까지야 있을까, 생각하게 된다. 봄이 빌어먹을 봄인 것은, 단풍색이, 햇살이, 눈이, 바람이, 비가 빌어먹을 놈인 것은 어디로 가도 그 기운을 피하기 어렵기 때문이 아닌가. 피해서 숨을 공간이 없기 때문이 아닌가. 봄 햇빛이, 가을 단풍이, 겨울 눈이 카페의 유리문 앞에서 제지당한단 말인가.

일하기 좋은 날이 없는 것처럼 일하기 좋은 장소도 없다. 일하기 좋은 장소는 놀기에도 좋은 장소이기 때문이다. 일하기 좋은 장소가 따로 없는 것은 그런 장소에서만 일해선 안 되기 때문이다. 그러면 좋겠지만 그러면 안 되기 때문이다. 모든 좋은 장소는 실은 놀기 좋은 장소이다. 어떤 좋은 장소도 글쓰기에 좋은 장소일 수 없다. 가령 아무도 간섭하지 않는 집필실이 글쓰기에 좋은 장소일까? 책 읽기 더 좋은 장소이고, 공상하기 더 좋은 장소이고, 기도하기 더 좋은 장소가 그곳이다. 글쓰기에 좋은 장소는 없다. 대개의 경우 글쓰기는 하고 싶어서 하는 일이 아니라 해야 해서 하는 일이기 때문이다.

0

글쓰기에 좋은 날이 따로 없으므로 언제나 쓴다. 봄에도 쓰고 밤에도 쓴다. 겨울에도 쓰고 아침에도 쓴다. 글쓰기에 좋은 장소가 따로 없으므로 어디서나 쓴다. 카페에서도 쓰고 집필실에서도 쓴다. 식탁 위에서도 쓰고 기차 안에서도 쓴다. 《캐나다》라는 소설을 쓴 미국 작가 리처드 포드는 비유적으로 이렇게 말한다. "나는 마치 에머슨의 거인처럼 어딜 가든 내 책상을 가지고 다닌다." 언제 어디서나 쓸 준비를 하고 있다는 뜻일 것이다. 쓸 수 있을 때 써야 하고, 쓸 수 있는 데서 써야 하기 때문이다. 어디서나 언제든 글을 쉽게 쓴다는 뜻이 아니다. 그 반대다. 어디서나 언제든 글을 쓰는 것이 쉽다면 정해진 시간에 정해진 장소에서 쓰면 될 것이다. 그 시간, 그 장소가 아닌 곳에서는 글쓰기의 압박을 느끼지 않아도 될 것이다. 그러나 그렇지 않기 때문에, 그때가 언제일지, 그곳이 어디일지 모르기 때문에 글을 쓰려는 이들은 어디든 언제든 '책상을 가지고 다닌다.' 펜과 노트(토마스 만, 혹은 아델베르트 시대의), 그리고 노트북(디지털 시대 작가들의 필기구인)이 있는 곳이 책상이다. 책상에서 쓰는 것이 아니다. 쓰는 사람이 쓰는 행위를 하는 자리가 책상이다.

0

어떤 것에 대해 말하려고 하는 순간에 하려던 말이 아니라 생각하지 않고 있던 다른 말이 나올 때가 있다. 발화된 그 다른 말은 내 말일까? 아니면 하지 않은, 하려던 말이 내 말일까?

0

보여주려고 한 것을 보여주기가 어렵다. 쓰려고 한 것을 쓰기가 쉽지 않다. 우리는 우리가 읽는 것이 작가가 애초에 쓰려고 했던 것이라고 생각하지만, 이 생각은 항상 옳은 것은 아니다. 글쓰기를 통해 보여주려고 한 것은 쓰려고 하는 사람의 의중에 있는 것이다. 의중에 있는 것은 아직 나타나지 않은 것, 현실화하지 않은 것, 없는 것이다. 쓸 때까지는 쓰려고 한 것은 아직 없는 것이다. 그러니까 쓴다는 것은 나타내는 것, 있게 하는 것이다. 볼 수 있고 읽을 수 있는 것(만)이 있는 것이다. 우리는 있는 것(만)을 보고 읽는다. 있는 것만 볼 수 있고 읽을 수 있다. 아직 나타나지 않은 것은 볼 수 없다. 추측할 수는 있지만 읽을 수는 없다.

의중에만 있을 뿐인 없는 것을 있도록, 표현해내는 것은 복잡하고 난해한 과정이다. 보여주려고 하는 어떤 것을 의중에 품는 것도 대견하지만, 의중에 품은 것을 품은 것 그대로 표현해내지 않으면 그 대견함은 유지할 수 없다. 표현을 위해 필요한 것은 기술. 그러나 숙련된 기술이 할 수 있는 것은 숙련된 표현이지 온당하고 적합한, 품은 것 그대로의 표현은 아니다. 표현을 위한 기술의 숙련이 어렵지 않다고 할 수 없지만, 그러나 정말 어려운 것은 의중에 있는 그것(보여주려고 한 것, 쓰려고 한 것)과 딱 들어맞는 표현을 찾는 것이다. 나타나지 않은 것을 나타나게 하는 일, 없는 것을 있게 하는 일이니 쉬울 리 없다.

보여주려고 한 것이 그대로 표현된 작품, 의중에 있는 것이 한 치의 착오도 없이 딱 들어맞게 나타난 작품은 아마 없을 것이다. 우리가 보거나 읽는 거의 모든 작품들은 작가의 의중에 있던 것이 불완전하게 표현된 것이다. 심지어 어떤 작품들은 의중에 있던 것과 전혀 상관없는 것일 수도 있다. 이렇게 만들려고 했지만 저렇게 만들어진 것이 없다고 할 수 없다. 드물지만 그 덕택에 의도치 않게 걸작을 만들어내는 행운이 따르기도 한다.

0

보이는 것이 보여주려고 했던 것이 아니라고 해서, 이렇게 만들려고 했던 것이 저렇게 만들어졌다고 해서, 의중에 있던 것이 온당하게 표현되지 않았다고 해서, 그의 작품이 아니라고 할 수는 없다. 물론 의중에 있는 것은 작품이 아니다. 발화되지 않은 말은 말이 아니다. 나타나지 않는 것은 '그의' 것이 아니다. 보이는 것에 담기지 않았으나 보여주려고 했다는 사실을 내세워 작품의 가치를 확보하는 것이 무모한 것처럼, 보여주려고 하지 않았던 것이 나타났다는 이유로 작가의 저작권을 문제삼는 것도 무모하다. 보이는 것을 본다. 쓰인 것을 읽는다. 보여주려고 했던 것을 보고, 쓰려고 했던 것을 읽는 것이 아니다.

0

보여주려고 한 것이 보는 것과 같다고 말할 수 없다. 쓰려고 한 것이 읽은 것과 같다고 말할 수 없다. 쓴 사람이 '파랗다'라고 쓴 것을, 읽은 사람은 '출렁인다'라고 읽을 수 있다. 어떤 상황에서는 '무섭다'고 쓴 것을 '귀엽다'고 읽는 일도 일어날 수 있지 않을까. 하늘을 그렸는데 바다로 보거나 산을 그렸는데 빌딩으로 보는 일이 일어나지 않으란 법도 없다.

어떤 작가가 이 시대에 발견하기 힘든 지극한 효심을

보여주기 위해 기력이 다한 늙은 아버지를 극진히 모시는, 아버지 못지않게 늙어 보이는 나이 든 딸의 이야기를 썼다 하더라도, 어떤 독자는 거기서 늙어가는 일의 슬픔이나 인생의 비참함만을 읽어낼 수 있다. 왜 그 작품에서 효심이 아니라 늙어가는 일의 슬픔과 인생의 비참함을 읽느냐고 시비걸 수 없다.

텍스트는 벙어리와 같아서 스스로 말할 줄 모른다. 텍스트는 벙어리와 같아서 말을 담고 있지만 입이 닫혀 있어 말하지 못한다. 텍스트는 읽는 이의 세계관과 경험과 인식의 마이크를 통해서만 말한다. 이 마이크를 통해 이렇게 말하고 저 마이크를 통해 저렇게 말한다. 이때 말해지는 말은 텍스트 안에 담겨 있는 말이지만, 마이크를 대지 않을 때는 그 안에 담겨 있다는 것을 알 수 없는 말이다. 보지 않는다고 있는 것이 사라질 리는 없지만, 보지 않으면 있는 것도 보이지 않는다. 보이는 것은 '어떠어떠하게' 보인다. 크거나 작게, 붉거나 희게, 둥글거나 네모나게…… 어떠어떠하게 보이지 않는 보임은 불가능하다. 있는 것은 어떠어떠하게 있어야 하는데, 그럴 수밖에 없는데, 보지 않으면 어떠어떠하게 보이지 않고, 보일 리 없고, 그러므로 어떠어떠하게 보이지 않는 것의 있음은 주장하기가 어렵다.

0

보인 것과 상관없이 보고자 하는 것을 볼 수 있다. 쓰인 것과 상관없이 읽으려고 한 것을 읽을 수 있다. 본 것이 보인 것이 아닐 수 있고, 읽은 것이 쓴 것과 상관없을 수 있다. 인간에게는 그런 능력이 있다. 겸손을 비굴이나 자존감 결여로 읽어내기도 하고, 오만을 자신감으로 받아들이기도 하는 존재가 인간이다. 심지어 보기 전에 판단하고 읽기 전에 해석할 수 있는 존재가 인간이다. 판단을 먼저 하고, 그 판단을 정당화하기 위해 나중에 건성으로 보거나, 해석을 먼저 한 다음에, 그 해석을 합리화하기 위해 사후에 대강 훑어 읽기도 하는 존재가 인간이다. 세례요한이 와서 먹지도 마시지도 않자 사람들은 그가 귀신이 들렸다고 흉봤다. 나중에 예수가 와서 먹기도 하고 마시기도 하자 사람들은 그를 먹기를 탐하고 술을 좋아하는 자라고 비난했다. 복음서에 나와 있는 일화다. 판단이 행위에 앞서 있다. 사건이 해석 뒤에 따른다. 역설이지만 희귀한 예는 아니다.

0

누구나 다른 언어를 쓴다. 언어 체계를 공유한 같은 언어권의 사용자들이라고 해서 항상 완벽하게 소통하는 것은 아니다. 각 사람의 문화와 관습과 세계관과 역사와 욕망과 기억이 뒤엉켜 이루어진 것이 언어이기 때문이다. 그 언어를 재료로 만들어진 문학작품은 본질적으로 번역을 필요로 하는 방언일 수밖에 없다. 언어 체계가 다른 외국어로 쓰인 소설만 번역이 필요한 것이 아니다. 모국어로 쓰인 어떤 소설은 번역된 외국 소설보다 더 낯설다. 국적이 아니라 말, 그 사람이 사용하는 언어에 들어 있는 세계관과 경험과 역사와 욕망이 문제다. 번역 기능이 작동하지 않는다면, 낯선 외국어로 쓰인 작품만이 아니라 친숙한 모국어로 쓰인 것조차도 도무지 알아들을 수 없는 방언이 되고 말 것이다. 그래서 바울은 통역할 수 없으면 방언으로 말하지 말라고 충고했다. 알아들을 수 없는 말 만 마디를 하는 것보다 알아들을 수 있는 말 다섯 마디를 하는 것이 낫다는 말도 그의 충고이다.

사람들은
자기 집에
무엇이 있는지도
모른다

0

프랑스 작가 에릭 파이는 일 년 가까이 남의 집 벽장에 숨어서 산 여자 이야기를 소설로 썼다(《나가사키》, 에릭 파이, 백선희 옮김, 21세기북스, 2011년.). 일본에서 실제로 발생한 사건에서 착상했다는 이 소설은 내성적인 성격의 독신남이 자기 집 한구석에 숨어서 먹고 자며 지낸 이 낯선 사람을 오랫동안 알아채지 못했다고 전한다. 여자는 남자가 회사에 가 있는 낮 동안 집 안을 돌아다니며 먹고 씻고 읽고 햇빛을 쏘이다가 남자가 피곤해서 돌아오는 저녁이 되면 벽장으로 돌아가 잠드는 생활을 반복했는데도 말이다.

소설은 남자와 여자의 사연을 균형 있게 서술하지만, 독자는 남의 집에 숨어 들어와 살 수밖에 없었던 여자보다 그렇게 오랫동안 자기 집 안의 낯선 존재를 의식하지 못한 남자를 더 주목해서 읽게 된다. 그는 자기 집에 자기 말고는 없다고 생각하며 살았지만, 그가 알지 못하는 누군가가 일 년 가까이 그와 함께 그의 집에서 같이 살았다. 카프카의 단편 〈시골 의사〉에는 이 상황에 대한 코멘트로 썩 어울릴 법한 문장이 나온다. '사람들은 자기 집에 무엇이 있는지도 모른다.'

0

이사를 하려고 집 안을 정리하다 보면 언제 어디서 왜 구했는지, 어디에 쓰는지 알 수 없는 수상한 물건들이 나온다. 집에는 우리가 알지 못하는 물건들이 얼마나 많은가. 그것들은 어떻게 거기 있게 된 것일까? 집에는 내가 받아들이고 인정한 것만 들어 있는 것이 아니고, 꼭 필요한 것만 들어 있는 것도 아니다. 어떤 시점에서는 필요했는지 모르지만 더 이상 필요하지 않게 된 것도 있고, 어떤 시점에서도 필요했을 것 같지 않은 것도 있다. 그러나 그것들이 우리가 살고 있는 집을 이루고 있는 것은 사실이다.

물건만의 이야기가 아니다. 우리의 내부에도 우리가 의식하지 못하는 것들이 가득하다. 우리가 의식하지 못하는 사이에 우리의 내부에 들어와 살고 있는 생각들, 사람 들로 꽉 차 있다. 우리 안에는 우리가 입주를 허락한 생각이나 사람만 들어와 살고 있는 것이 아니고, 우리에게 필요하거나 유익한 생각이나 사람만 들어와 살고 있는 것도 아니다. 스승은 물론 라이벌도 있고, 아는 사람도 있고 모르는 사람도 있다. 우리를 고양시키는 생각도 있고, 우리를 타락시키는 생각도 있다. 우리가 아는 생각도 있고, 모르는 생각도 있다. 언제 들어왔는지 모르는 그(것)들이 나를 이루고 있는 것 또한 부정할 수 없다. 나는 타인들로 이루어져 있다. 내가 나를 이해하기 어려운 것은 나를 이루고 있는 타인들을 이해하기 어렵기 때문이다. 나는 종종 내가 한 생각과 말과 행동을 나무라고 내가 하지 않은 생각과 말과 행동을 후회한다. 무엇을 하거나 하지 않는 나와 그것에 대해 나무라거나 후회하는 나는 다른 사람이 아니다.

0

사람을 이해하고 평가하는 기준들이 있다. 가령 혈액형이나 별자리나 교육 수준이나 체질이나 걸음걸이나 적성검사나 성격유형검사 같은 것. 이것들 가운데 어떤 것을 유일무이한 기준으로 삼아 맹신한다면 그것은 사람을 너무 단순화하는 것이고, 이 단순화는 왜곡이다. 사람은 여러 사람으로 이루어져 있기 때문이다. 한 사람 안에, 그가 알거나 모르는 여러 명이 살고 있기 때문이다. 한두 마디 말로 규정할 수 없는 아주 복잡한 우주이기 때문이다.

0

집을 이루는 것은 집에 들어 있는 물건들이다. 어떤 물건이 어떻게 배치되어 있는가에 따라 집의 분위기가 만들어진다. 집주인이 의식하지 못하는 집 안의 물건은, 의식하지 못하기 때문에 더욱 집의 분위기를 만드는 데 중요한 역할을 한다. 사람을 이루는 것은 사람 속에 들어와 살고 있는 다른 사람들이다. 어떤 사람이 어떻게 자리 잡고 있는가에 따라 그 사람의 됨됨이가 만들어진다고 할 수 있다. 우리가 의식하지 못하는 우리 안의 타인 역시, 의식하지 못하기 때문에 더욱 우리의 됨됨이를 결정하는 데 중요한 영향을 미친다. 의식한다면 통제, 혹은 관리하려는 시도라도 할 수 있지만 의식하지 못한다면 그럴 수도 없다. 그래서 안에 들일 사람을 정하는 데 신중해야 하거니와 에릭 파이의 소설처럼 허락하지 않았음에도 몰래 들어와 살기도 하므로 주의 깊게 자기를 살펴야 한다.

직업이 기상관측사인 이 소설《나가사키》의 주인공은 이런 말을 한다. “기상관측사로서 나는 하늘의 사건들에 대한 기억력은 길렀지만 이 지상의 나 자신에 대해서는 무엇을 기억하고 있을까?”

하늘을 향해 우주선을 쏘아올리고 머리카락의 1만분의 1이 되는 초미세의 세계까지 측정하는 시대를 살면서도, 우리는 정작 자기가 누구인지, 우리 안에 무엇이 있는지, 무엇, 혹은 누가 나의 생각과 말과 행동을 정하는지 살피고 탐구하는 노력은 오히려 소홀히 하고 있는 것 같다. 사람에 대한 공부가 더 중요하다고 생각한다. 이 공부는 자기를 들여다보는 것과 분리할 수 있는 것이 아니다.

귓속말을 하는 황제와 사신

카프카의
〈황제의 전갈〉을
읽으며

0

임종 전에 황제는 당신에게(오직 당신 한 사람에게) 사신을 보낸다. 황제가 당신에게 보내는 메시지는 매우 중요하다. 그 메시지가 중요하다는 것은 황제가 임종 직전에 사신을 가까이 오게 해서 직접 귓속말로 전하고, 혹시 그가 잘못 알아들었을까봐 들은 내용을 자기 귀에 다시 말하게 하는 것으로 충분히 짐작할 수 있다. 황제의 메시지는 잘못 전해지면 안 되는 것이다.

이 메시지는 중요하기만 한 것이 아니라 비밀스럽기도 한 것 같다. 카프카는, 황제가 매우 중요한 메시지라고 생각했다는 사실은 강조하면서 이 메시지의 비밀스러움에 대한 언급은 자제한다. 그럼에도 불구하고 이 장면에 드리운 압도적인 분위기는 메시지의 중요함이 아니라 비밀스러움을 강조하는 데 있다. 메시지는 귓속말로 전해지고, 황제가 말할 때는 사신만, 사신이 말할 때는 황제만 듣는다. 말한 황제와 들은 사신 외에는 이 중요한 메시지가 무엇인지 알지 못한다. 이 메시지가 중요한지 중요하지 않은지도 알지 못한다. 중요한지 중요하지 않은지도 알지 못하기 때문에 이 메시지는 중요한 것으로 간주된다. 평가할 수 없는, 판단 이전의 모든 것은 중요한 것이다.

귓속말은 듣는 자를 말하는 자에게 예속시킨다. 귓속말을 들은 자는 그가 원하든 원하지 않든, 귓속말을 들었기 때문

프란츠 카프카(Franz Kafka)

에, 불가피하게 비밀 준수의 의무를 떠안는다. 듣는 것이 비밀 준수 서약의 방식이다. 준수할 수 없거나 준수하지 않으려면 듣지 않아야 하는데, 듣지 않고서는 준수할 수 없는 것인지 준수하지 말아야 하는 것인지 판단할 수 없으므로 듣지 않을 수 없다. 사실 이 사신에게는 선택의 여지가 없다. 황제는 자기 메시지를 전할 사람을 자의적으로 선택한다. 그가 황제를 선택하는 것이 아니라 황제가 그를 선택한다. 더 정확하게는 메시지가 그를 선택한다. 사신이 메시지를 선택하는 것이 아니라 메시지가 사신을 선택한다.

황제는 자기와 사신 외에 다른 이에게 이 메시지가 알려지는 것을 원하지 않는다. 귓속말을 하는 자는 메시지의 내용이 아니라 그 전달 방식의 배타성을 통해 듣는 자를 자기 왕국의 유일한 신하로 만든다. 귓속말이라는 배타적 전달 방식을 통해 듣는 자는 말하는 자에게(만) 속하고 메시지는 중요해진다. 중요한 메시지여서 귓속말로 전해지는 것이 아니라 귓속말로 전해짐으로써 중요한 메시지가 된다. 이 메시지는 중요하기 때문에 공표되지 않고(중요하지 않은 것들은 흔하게 공표된다), 유일한 수신인인 '당신'에게 도착할 때까지 숨겨진다. 법의 문이 한 사람에게만 열려 있는 것처럼 황제의 메시지 역시 한 사람(유일한 당신)을 향한다. 여럿이 들었다고 하더라도, 이 메시지의 수신자는 여럿의 유일한 묶음이 아니라 유일한 여럿의 당신이다.

0

귓속말을 들은 자가 사신이 된다. 공표된 것, 그러니까 이 사람도 듣고 저 사람도 들은 것, 부담 없이 떠벌릴 수 있는 것, 익히 알려진 것, 흔한 것, 당연한 것, 빤한 것이 아니라, 숨겨진 것, 그러니까 이 사람도 저 사람도 듣지 못한 것, 부담 없이 떠벌릴 수 없는 것, 알려지지 않은 것, 말하기 어렵거나 말하면 안 되는 것, 유일한 것, 고유한 것을 들은 자가, 중요한 말을 들은 자가 아니라 귓속말을 들은 자가, 자기가 들은 말을 내뱉는 자가 아니라 가슴에 품은 자가 사신이 된다.

0

물어야 하는 것은 이것이다. 사신을 자처하는 당신은 귓속말을 듣는가. 당신의 황제는 당신에게 귓속말을 하는가.

0

메시지를 가진 사신은 곧바로 길을 떠난다. 사신은 달린다. 사신은 달리지 않을 수 없다. 귓속말로 전해들은 메시지를 가졌기 때문이다. 그는 강하고 지칠 줄 모르는 사람이라고 카프카는 부언한다. 황제가 그를 선택한 것이 그가 강하고 지칠 줄 모르는 사람이기 때문이라는 사실을 은연중에 알리고 있는 것처럼 보이기도 한다. 이 메시지가 전달되지 않는다면, 그 책임이 사신에게 있지 않다는 사실을 알리려는 의도도 아마 있는 것 같다.

사실이 그렇다. 사신은 곧 길을 떠나지만 군중들이 너무 많고, 군중들을 헤치고 나가는 것은 쉬운 일이 아니고, 그러나 그는 강하고 지칠 줄 모르기 때문에 어떻게든 군중들을 뚫고 나가고, 그러나 궁궐은 무한히 넓다. 궁궐의 방들이 어찌나 많은지 그 방들을 빠져나가는 것은 불가능하다. 그가 길을 떠나자마자 그 임무의 불가능성이 선언된다. 그는 실패할 것이다. 설령 그가 그 방들을 빠져나간다 하더라도 달라지는 것은 없다. 그는 계단을 내려가기 위해 싸워야 할 것이고, 그러나 물론 성공하지 못할 테고, 설령 어찌어찌하여 성공한다 하더라도 뜰을 지나가야 할 것이고, 그것 역시 성공하지 못할 테지만, 설령 어찌어찌하여 운 좋게 성공한다 하더라도 상황은 달라지지 않는다. 그는 겨우 첫 번째 궁궐을 빠져나온 것일 뿐이니까. 그는 첫 번째 궁궐을 둘러싸고 있는 두 번째 궁궐의 그 수많은 방과 계단과 뜰을 다시 지나야 하고, 그것을 지나는 것은 불가능하고, 불가능한 가정이지만 설령 어찌어찌하여 운 좋게 빠져나온다고 하더라도 그 앞에는 다른 궁궐이 또 나타날 것이다. 그런 식으로 그 궁궐의 모든 방들과 계단과 뜰을 지나 황제의 궁궐 외곽까지 가는 데 천 년이 걸릴 거라고 카프카는 말한다. 그리고 그것이 끝이 아니다. 물론 절대로 실현될 수 없지만, 그가 설령 그 궁궐을 빠져나온다고 해도 그 앞에는 궁궐을 둘러싸고 있는 황제의 수도가 산처럼 가로막고 있을 것이다. 사신이 결코 메시지를 전달하는 데 성공하지 못할 거라는 메시지를 전달하기 위해 정말이지 카프카는 최선을 다한다.

0

황제의 궁궐에 있는 방들과 계단들과 뜰은 많은 것이 아니라 무한하다. 많은 것은, 시간이 아무리 '무한히' 걸리더라도 셀 수 있지만 무한한 것은, 시간을 아무리 '많이' 들이더라도 셀 수 없다. 파악할 수 없는 것이 무한한 것이다. 이 궁궐의 방들과 계단과 뜰은 많은 것이 아니라 무한하므로 빠져나올 수 없다. 〈법 앞에서〉의 문지기가 하는 말에도 이 무한, 무한한 것의 넘볼 수 없음에 대한 시사가 들어 있다. 법을 찾아온 남자에게 문지기는 웃으면서 말한다. 하고 싶으면 자기를 제치고 한번 들어가보라고. 그러면서 자기가 힘이 세다는 걸 명심하라고 경고한다. 경고는 이어진다. 사실 자기는 가장 약한 문지기에 불과하다고, 설령 자기를 이기고 이 문으로 들어간다고 해도 자기보다 힘센 다른 문지기를 상대해야 한다고, 문마다 문지기가 지키고 있다고, 갈수록 힘이 센 문지기를 만나게 될 거라고, 세 번째 문지기만 해도 자기는 얼굴조차 쳐다볼 수 없다고. 그리하여 어떤 일이 생기는가. 법 안으로 들어가려고 찾아온 사람은 법 안으로 들어가볼 생각을 하지 않고 일생을 법 앞에서 기다리기만 한다.

영원을 알기 쉽게 말하기 위해, 그러니까 신의 영역에 속하는 개념인 영원을 이해하기 위해 우리는 수와 양의 단위를 이용한다. 사방 40리의 큰 성 안에 겨자씨를 가득 채우고 백 년마다 한 알씩 꺼낸다고 할 때 그 겨자씨 전부를 다 꺼내어도 끝나지 않는 규모의 시간이 '겁'이라고 하는 식이다. 억겁은 그 겁이 억이니 상상할 수 없다. 천 년이 걸린다는 말은 영원히 오지 않는다는 뜻이다. 영원은 엄청나게 긴 시간이 아니라 시간을 초월한 시간이다. 시간에 잡히지 않는 시간, 시간이 잡을 수 없는 시간이다. 겁나게 많거나 무한히 길다는 표현은 신의 시간인 영원을 인간의 이해로 붙잡기 위한 비유에 지나지 않는다.

사신이 받은 황제의 메시지는 영원에 속하는 궁궐의 언어이다. 사신은 영원의 영역에 속하는 궁궐의 언어를 궁궐 밖으로, 그러니까 영원에 대해서는 희미하게 추측이나 할 뿐인 (천 년이니 겁이니 무한이니 하는 식으로) 사람들의 세상으로 가지고 나가야 하는 것이다.

0

그러니까 황제의 이 메시지가 비밀인 것은, 궁궐 밖의 사람들이 알아들을 수 없는 언어이기 때문이다. 수신자인 '당신'에게 끝내 다다를 수 없는 것도 그 때문이다. 황제의 말은 궁궐 밖의 언어로 바꾸기 어렵거나 불가능하다.

0

황제의 메시지를 받지 못한 채 사신 노릇을 하는 이들의 비참함에 대해 카프카는 쓴다. "그들은 기꺼이 자신들의 비참한 삶을 끝내고 싶었지만, 그러나 충실히 업무를 수행하겠다고 서약한 것 때문에 감히 그럴 엄두를 못 내고 있는 것이다."(〈파발꾼들〉) 이들은 왜 비참한가. 황제의 메시지를 받은 적이 없음에도 불구하고 전해야 하기 때문이다. 전할 궁궐의 메시지가 없는데도 메신저가 되어 있기 때문이다. 메시지 없이 메신저 노릇을 해야 하기 때문이다.

이들은 왜 메시지를 받지 못하는가. 왕(황제)은 없고 파발꾼(사신)만 있기 때문이다. 메시지를 전하기 위해 귓속말해줄 황제가 없기 때문이다. 귓속말로 받은 메시지가 없으므로 이들은 사신일 수 없다. 사신이어서는 안 된다. 그런데 〈파발꾼들〉의 파발꾼들은 스스로 그 임무를 선택한다. 메시지 없이 메신저가 된다. 귓속말로 받은 메시지가 그들을 메신저로 만든 것이 아니라 메신저이고자 하는 그들의 욕망에 의해 메신저가 된다. 황제의 사신을 사신으로 임명한 것은 황제와, 황제의 메시지였다. 파발꾼들을 파발꾼으로 임명한 것은 왕이 아니고 왕의 메시지는 더더욱 아니고, 그들 자신이다. 그럴 때, 받은 메시지가 없을 때 이들은 무엇을 전하는가. 카프카는 신랄하다.

"왕이 존재하지 않은 까닭에 파발꾼들은 숲속을 가로질러 뛰어다니며 서로에게 무의미한 메시지들을 소리쳐 전하고 있다." 받은 메시지가 없는데도 전해야(전하려) 할 때 이들의 입에서 나올 수 있는 말은 무의미한 말들이다. 하나 마나 한 말들이다. 받은 말이 아니라 지어낸 말, '당신을 향한' 궁궐과 황제의 메시지가 아니라 '자기를 위한' 자기 자신의 말, 그러니까 하지 않아도 되는 말. 뜻 없는 말. 이런 말들을 '소리쳐' 전한다. 수신자가 정해져 있지 않기 때문에, 즉 메시지가 아니기 때문에 이들은 소리친다. 소리쳐도 받는 이가 없으므로 이들의 큰 목소리는 서로에게 무의미한 소리가 된다.

0

황제의 메시지는 전해지지 않는다. 황제가 메시지를 남기고 사신이 그 메시지를 전달하기 위해 아무리 애를 써도 메시지는 궁궐 밖으로 빠져나가지 못한다. 영원에 속하는 것을 시간 속으로 가지고 들어오는 것이 가능할 리 없다. 가능하지 않다고 전제해놓고, 카프카는 왜 '설령 그곳을 빠져나왔다고 하더라도'라는 문장을 이 짧은 글 안에 그렇게 여러 번, 마치 불가능하긴 하지만 그 불가능이 절대적인 것은 아니라고 읽으라는 듯이, 헷갈리고 부조리하게 써놓은 것일까.

불가능하다고 선언해놓고 곧바로 그 불가능한 일이 일어나는 경우를 전제하고 다음 말을 이어가는 것은 처음의 선언을 스스로 뒤집는 서술이 아닌가, 이어진 다음 말로 인해 처음 말의 단호함은 훼손되어버리는 것이 아닌가,라고 질문하는 대신, 뻔히 보이는 실패에도 불구하고, 그런 것을 상관하지 않고 오로지 자기가 맡은 메시지를 전달하기 위해 방들을 돌파하고 계단을 내려딛고 뜰을 가로지르는 강하고 지칠 줄 모르는 사신의 열성과 수고를 부각하기 위한 카프카의 의중을 읽어야 하는 것이 아닌가, 하고 묻는 것은 이 우화를 메시지를 남긴 황제나 메시지를 받을 '당신'이 아니라 어떻게든 메시지를 품고 전달하기 위해 애쓰는 사신에게 초점을 맞춰 읽고 싶기 때문이다. 그렇게 읽을 때 메시지는 발화되거나 수신됨으로써 의미 있어지는 것이 아니라, 전달되기 위해 들이는 사신의 수고에 의해 의미 있는 것이 된다. 이 이야기의 어디에도 황제가 어떤 내용의 메시지를 남겼는지 드러나지 않은 것은 이런 독법이 그럴듯하다는 방증일 수 있다.

메시지는 수신되지 않을 수 있다. 아니, 수신되지 않을 것이다. 그렇다고, 그렇기 때문에 전달하지 않아야 하는 것은 아니다. 수신되지 않을 것이 확실하기 때문에 전달의 수고를 하지 않아도 되는 것이 아니라 수신되지 않을 것이 확실해도 전달의 수고를 아끼지 않아야 한다. 그것이 '설령 그곳을 빠져나왔다 하더라도……'라는 문장이 되풀이되는 이유이다. 확실한 것은 메시지가 수신되지 않을 것이라는 사실을 사신은 알지 못한다는 것이다. 그것은 현재의 일이 아니다. 현재의 일이 아닌 것은 그에게 속한 것이 아니다. 그는 미래의 결과를 예상하거나 추측하지 않고 지금 자기가 할 일을 한다. 지금 그가 할 일은 메시지의 내용이나 수신에 관여하는 것이 아니라 전달에 몰두하는 것이다. 그는 사신, 즉 메시지를 받은 사람이다.

0

사신은 '충실히 업무를 수행하겠다고 서약'했기 때문에 그만두지 못한다. 서약한 자는 '감히 그럴 엄두를' 내지 못한다.

황제는 그의 귓속에 말을 넣어줌으로써 그를 선택했고, 그는 귓속에 황제의 말을 받아들임으로써 사신의 임무를 선택했다. 그의 선택은 선택 당함을 받아들임으로써 이루어졌다. 궁궐의 언어를 귓속에 받은 자의 운명은 궁궐 밖을 향해 나가는 것이다. (궁궐 밖에) 나가지 못해도 (궁궐 밖으로) 나가는 것이다. 메시지(의 내용)는 끝내 전달되지 않을 수 있지만, 사신은 메시지를 전달해야 (전달하는 일을 해야) 한다. 그는 사신, 즉 메시지를 받은 사람이기 때문이다.

0

그런데 황제는 (아마도) 이 메시지를 사신에게 들려준 후 얼마 있지 않아 죽었을 것이다. 그러면 이 메시지는 유언일 텐데, 이 유언은 '당신'에게(만) 전해져야 할 텐데, 이 유언의 내용을 알고 있는 사람은 사신 말고는 없다. 카프카는 이 유언의 내용에 대해 아무 말도 하지 않고, 이것에 대해 유추할 수 있는 어떤 힌트도 제공하지 않는다. 여기에 아무 뜻이 없다고 생각하고 싶지 않다. 황제의 말이 궁궐 밖의 언어로 대체되지 않는다는 암시이기도 하겠거니와, 메시지의 내용이 아니라 사신의 태도를 문제삼는 것이 중요하다고 할 수도 있을 것이다.

0

그렇지만, 그런데도 우리는 황제가 귓속말로 했던 메시지의 내용이 궁금하다. 황제는 유일한 독자인 '당신'에게 무슨 말을 전달하려 한 것일까. 무슨 말이 전해지기를 원한 것일까.

"만일 우리가 읽는 책이 주먹질로 두개골을 깨지 않는다면 무엇을 위해 책을 읽는단 말인가……책은 우리 내면의 얼어붙은 바다를 깨는 도끼여야 해."

카프카는 아마 예레미야의 독자였을 것이다.

"내 말이 불과 같지 않으냐? 바위를 부수는 망치와 같지 않으냐?"(예레미야서, 23장 29절)

카프카가 바우어에게 보낸 편지의 봉투 이미지.

푸네스처럼
새롭게

0

창작의 영감은 어디서 오는가? 이 질문 속에는 영감이, 어디인지는 모르지만 어쨌든 어디선가, 그러니까 외부에서 우리를 향해 찾아오는 것이라는 생각이 들어 있다. 정말로 그런가. 그렇다면 그 '어디'는 어디인가?

《젊은 소설가의 고백》이라는 산문집에서 움베르토 에코는 프랑스의 낭만주의 시인 라마르틴에 대한 일화를 소개하는데, 우리는 거기서 외부로부터 '선별적으로' 찾아오는 영감에 사로잡혀 있는 창작자의 강박증을 읽을 수 있다. 라마르틴은 자기가 쓴 시들이 어떻게 태어났는지 자랑하기를 좋아했는데, 낭만파 시인답게, 어느 날 밤 숲길을 거닐고 있을 때 한 편의 시가 '완성된 형태로' 섬광처럼 떠올랐다는 식으로 말하곤

움베르토 에코(Umberto Eco)

했다. 그런데 라마르틴이 세상을 떠난 후 그의 서재에서 여러 해 동안 수없이 고쳐 쓴 흔적이 있는 방대한 분량의 원고들이 발견되었다. 이 일화를 소개한 후 움베르토 에코는 "영감이란 약삭빠른 작가들이 예술적으로 추앙받기 위해 하는 나쁜 말"이라고 주석을 붙인다.

움베르토 에코는 문학적 신비주의를 물리치기 위해 조금 위악적인 표현을 쓴 것 같다. 창작의 원천으로서의 동기나 착상이 아예 존재하지 않는다는 의미는 아마 아니었을 것이다. 그가 부정하려고 한 것은 영감에 대한 어떤 이해일 것이다. 말하자면 우리 밖의 어딘가 다른 곳으로부터 훌륭한 문학작품이 '완성된 형태로' 주어진다는 식의 신비주의적 영감론을 일종의 미신으로 치부하고 거부한 것으로 보인다. 이 생각에 의하면 작가는 그저 초자연적이고 신비스러운 어떤 존재의 언어를 받아 적은 필기구에 지나지 않은 것이 되기 때문이다. 필기구로의 자기 비하는 초자연적이고 신비스러운 어떤 존재에 의해 위대함으로 끌어올려진다. 신의 영광이 깃들면 떨기나무도 위대해지는 이치다. 영감은 선택받은 신분에 대한 보증이 되고, 예술적 추앙의 근거로 작용한다. 문학을 선택된 소수의 사람들에게 허용된 특별한 재능으로 이해하던 시절에 작가들이 가졌을 초조함과 노심초사를 짐작하게 한다.

0

완성되면 어떤 모양일지 아직 알 수 없지만, 창작의 첫 단계에 소설이 될 것 같은 느낌을 주는 무언가가 있는 것은 사실이다. 소설이 될 것 같다는 느낌을 주는 어떤 것, 어떤 이미지, 어떤 에피소드, 어떤 생각이나 기억, 어떤 감정, 그런 것을 누가 부정할 수 있을까. 그런 것 없이 어떻게 소설이 만들어질 수 있을까. 그 최초의 번뜩이는 순간에 작가는 가장 빛나고 영광스러운 경험을 한다. 그 순간의 경험이 그 이후의 힘들고 외로운 창작의 시간을 견디며 계속 글을 쓰도록 추동하는 힘이라고 할 수도 있다.

착상의 순간에 완성된 형태의 작품이 주어지지는 않지만, 그럴 리 없지만, 완성된 형태를 예감케 하는 것은 맞다. 그것은 착상 속에 완성된 소설이 내장되어 있기 때문이다. 씨앗 속에 한 그루의 완전한 나무가 예감의 형태로 들어 있다고 말할 수 있다. 작가는 게으르거나 서툰 농부가 그런 것처럼 예감된(내장된) 완성태를 이끌어내지 못할 수도 있지만, 그런 예감 없이 어떤 완성태를 꿈꾸거나 추진하지도 않는다, 못한다.

0

영감을 어딘가 다른 데서 '찾아오는' 것이 아니라 안에서 '불러일으켜지는' 것이라고 이해할 때 작가는 주어진 내용을 수동적으로 담는 그릇이나 필기구이기를 멈추고 비로소 창작자의 이름을 얻게 된다. 물론 이 경우에도 외부의 자극이 전적으로 무시되는 건 아니다. 세계는 다채롭고 무궁무진하고 쉼 없이 출렁이고 다양한 신호들을 끊임없이 쏟아낸다. 무수히 많은 다양한 신호들이 여기저기 떠돌아다니다 소멸한다. 이 신호들은 스스로 누군가를 찾아가지 못한다. 지정된 수신인이 정해져 있다고 할 수 없다. 그러니까 정처 없는 신호들이다. 누군가 외부로부터 어떤 신호를 받는다면, 그것은 그 신호가 그를 지정하고 찾아왔기 때문이 아니라 그가 정처없이 떠도는 그 신호를 자기가 가진 어떤 메커니즘을 통해 붙잡았기 때문이다. 맞아들였기 때문이다. 붙잡는 것이 맞아들이는 방법이다. 신호는 찾아오지 않고 떠돈다. 맞아들여질 때까지 떠돈다. 붙잡을 때까지는 붙잡히지 않는다. 맞아들일 때까지는 들어오지 않는다.

여기저기 떠돌아다니는 이 신호들을 영감이라고 착각하면 곤란하다. 외부의 요인을 부인할 필요는 없지만 그것을 자극 이상의 다른 것으로 오해할 이유도 없다. 세계의 공기 속에 떠도는 그 무수한 정처 없는 신호들 가운데 어떤 것을 포착한 누군가의 정신이 그것에 반응할 때 무슨 일인가가 일어난다. 이때 초점은 밖에서 온 낯선 방문객이 아니라 떠도는 나그네를 맞이하는 규중심처(閨中深處)의 안주인에게 두는 것이 마땅하다.

0

불러일으켜진 것은 불러일으키기 전에는 눈에 띄지 않는, 띌 수 없는 어떤 것이다. 불러일으켜지는 순간에야 비로소 모습을 드러내는 어떤 것, 불러일으키기까지는 누구도 그것이 존재한다는 사실을 자각하지 못한 어떤 것, 혹은 누구도 그것이 그런 모습일 거라고 상상하지 못한 어떤 것이다. 그래서 그것은 새로울 수밖에 없다.

낯선 시각, 구별된 인식을 장전하지 않은 채 무언가가 불러일켜지는 경우는 없다. 밀란 쿤데라에 의하면, 작가의 윤리는 인식의 새로움과 관계되어 있다. 통속적이거나 외설스런 작품을 쓰는 작가가 부도덕한 것이 아니라 인식의 새로운 차원을 펼쳐 보이지 않는 작가가 부도덕하다. 그는 '커튼'이 쳐진 방 안에 대해서만 쓰는 소설을 문제삼는다. 늘 보던 방 안이 아니라 커튼 너머의 세상을 보여주는 것이 소설가의 윤리라고 말한다. 불러일으켜진 것이 없이 글을 쓸 때 작가는 부도덕한 작가가 된다.

불러일으켜지는 것이 없는데도 쓰는 것이 가능한가. 가

능하다. 익숙한 근육으로 타성에 따라 '기술적으로' 글을 쓸 수 있다. 이 근육이 불수의근이 되면 의지와 상관없이 자율적으로 움직이고, 그러면 글이, 심지어 더 술술 써지기도 한다. 술을 마시고 운전석에 앉은 사람이 용감하고 과감해지는 것과 같다. 그는 운전이 더 잘된다고 생각하지만 그 생각은 착각이다. 소설가 경력이 오래된 작가에게 위기는 이렇게 찾아온다. 기술적으로 숙달되었을 텐데 왜 문제작을 만들어내는 비율은 줄어드는가, 하는 의문에 대한 힌트이기도 하다.

창작은 시간과 함께 노련해질 수 있는 영역이 아니고 경험의 축적에 의해 숙련될 수 있는 분야도 아니라고 하면 어떨까. 창작의 매순간마다 필요한 것은 소설이 될 것 같은 느낌을 주는, 그 빛나고 영광스러운 최초의 순간을 호출하는 것이다. 불러일으켜진 무엇인가가 없다면 작가로 살아온 경력이나 숙련된 기술이란 게 대체 뭐란 말인가. 오히려 방해가 되지 않겠는가. 그러니까 진지한 작가는 글이 술술 잘 풀려나가는 것 같은 느낌이 들 때, 술 취한 운전자와 같은 상태에 있지 않은지 자기를 의심하고 자기 글쓰기를 돌아보아야 한다. 혹시 익숙해진 근육으로 쓰고 있는 것이 아닌지. 기술자가 되어 있는 것은 아닌지. 무의식적이고 자동적인 글쓰기를 하고 있는 것은 아닌지. 불러일으켜진 것 없이, 없는데도 태연하게 쓰고 있는 것은 아닌지. 만일 그렇다면, 그것이 가장 비참하다.

0

불러일으켜진 것만이 불러일으킬 수 있다.

0

경력이나 나이가 혹시 불러일으키는 이 능력, 즉 떠도는 신호들을 붙잡고 맞아들이는 능력의 쇠퇴에 대한 알리바이가 될 수 있을까. 생리적 시계의 중요성을 무시할 수 없긴 하지만(젊은 세포들의 활력 있는 움직임, 그 순발력과 재치와 에너지는), 영감이 젊은이들에게 주어진 특권이라고 말함으로써 이 문제를 회피하거나 합리화하려고 들지 말자. 나이가 들어도 비겁하지는 말아야 한다. 괴테는 죽기 직전 해인 1831년에 《파우스트》를 탈고했다. 그때 그는 82세였다. 출판된 책에 실린 연보에 의하면 주제 사라마구는 73세에 《눈먼 자들의 도시》를 썼다. 《모든 이름들》은 75세에, 《동굴》은 78세에, 《눈뜬 자들의 도시》는 80세가 넘어서 썼다. 이런 예들은 얼마든지 더 찾을 수 있을 것이다. 더구나 소설은 삶의 축적을 필요로 하는 장년의 장르이기도 하다.

나이가 문제가 아니다. 세계를 떠도는 나그네인 신호들을 맞아들일 기회가 줄어들고 불러일으키는 능력이 쇠퇴하는 것은, 나이가 아니라 감동의 실종과 관련이 있다. 웬만한 일에 흥분하거나 크게 설레지 않는 상태는 일상의 평온과 정신의 안정을 위해 유익하나 그 밖에 무슨 좋은 점이 있는지 의문이다. '해 아래 새로운 것이 없다'라는 진리를 구체적으로, 그러니까 체험적으로 터득하고 나면 만사가 시들해진다. 지금 있는 것은 전에도 있던 것이고, 앞으로도 있을 것이다. 그러니 호들갑 떨 필요가 없고 조급할 이유도 없다는 것이다. '하나를 보면 열을 안다'라는 속담에는 세상 이치라는 게 거기서 거기고, 대단한 어떤 것이 어딘가에 따로 숨어 있지도 않다는 생각이 들어 있다. 속속들이 들여다보지 않아도 뻔하다는 것. 대개 이미 겪었고, 겪어서 알고 있고, 겪지 않았어도 별 게 없다는 걸 미루어 짐작할 수 있고, 그러니 설렐 까닭이 없고, 흥분할 이유도 없다는 것. 그렇게 되면 우스워도 잘 웃지 않고 언짢아도 화를 잘 내지 않는다. 의젓해진다. 단조롭고 평화롭다. 그것이 더러는 현자의 표본인 것처럼 인식되기도 한다.

이 의젓함, 이 단조로움과 평화는 어딘가 수상하지 않은가. 고여 있는 웅덩이의 물과 같지 않은가. 흔들림도 회오리도 없는 정물의 견고함이 생기의 부재 때문이라는 것을 누가 모를까.

0

사람들의 기억은 대개 열 살에서 스무 살 사이의 일들에 집중해 있다고 심리학자들은 말한다. 그 기억들의 공통점이 무엇이며 나이를 먹어가면서 그런 종류의 기억이 드물어지는 이유가 무엇인지 연구한 이들이 있었는데, 그들은 그 나이 때의 기억들이 온갖 종류의 '첫 경험'과 관련되어 있다는 사실을 발견했다. 가령 첫 키스나 초경이나 첫 데이트 같은 경험들. 이 첫 경험의 기억들은 번갯불처럼 선명하게 박혀서 좀처럼 빠져나가지 않는다. 또한 이 나이는 자신의 인생행로에 지침이 될 만한 중요한 일들(어떤 책, 스승, 친구와의 만남 같은)을 겪는 시기이기도 하다.

반대로 나이 먹어서 경험하는 것들은, 경험의 종류나 양과 상관없이, 대개 이전 일의 되풀이이고, 인생행로를 바꿀 만큼 획기적이지도 않다는 것이다. 모든 것이 익숙하고 누구를 만나도 설레지 않고 무엇에 대해서도 기대하지 않는 경지에 이르면 세계는 빛을 잃고 삶은 사물처럼 무미건조해진다. 비슷한 경험이 반복되면 유형화하여 틀에 가두려는 유혹이 찾아온다. 유형화의 과정을 통해 비슷한 것은 같은 것으로 규정된다.

0

보르헤스의 소설 속 주인공인 기억의 천재 푸네스의 고충이 아마 여기 있었을 것이다.

"그는 1882년 4월 30일 오전에 남쪽 하늘에 떠 있던 구름의 모양을 기억하고 있었으며, 딱 한 번 본 책의 대리석 무늬

장정과 그 구름을 기억 속에서 비교할 수도 있었다."

그에게 세상의 모든 구름은 개별적이다. 구름들의 모양과 색과 움직임이 다 다르기 때문에 하나의 이름으로 부를 수 없다. 구름에 대해서만 그런 것이 아니다. 예컨대 셰퍼드와 치와와처럼 크기와 모양이 각각 다른 개체를 '개'라고 똑같이 부르는 것을 그는 이해하지 못한다. 모든 나뭇잎이 고유하고, 같은 나뭇잎이라도 순간순간 다른 나뭇잎이 된다. 그는 특정한 상황에서 자기가 본 순간의 어떤 나뭇잎의 고유한 모양과 색깔과 흔들림을 기억한다. 그것은 이전에도 없었고 앞으로도 없을, 따라서 일반화할 수 없는 유일한 나뭇잎이다. 푸네스는 일반화와 추상화를 통해 비슷한 것을 같은 것으로 규정하는 대신 비슷한 것을 각기 다른 것으로, 구체적으로 세세하게 인식한다. 세상에 똑같은 것은 없다.

비슷한 것은 같은 것이라는 생각은 개별적 존재의 고유성을 무시하고 차이를 지운다. 한 마리의 셰퍼드와 한 마리의 치와와는 개 두 마리가 된다. 그러나 비슷한 것을 비슷할 뿐 다른 것이라고 인식하는 사람에게 한 마리의 셰퍼드와 한 마리의 치와와는 한 마리의 셰퍼드와 한 마리의 치와와이다. 비슷한 것은 다른 것이다.

그러나 그렇게 하기 위해 푸네스는 혼신을 다해 그를 둘러싼 사물들과 현상들에 집중해야 했을 것이다. 어느 것 하나 건성으로 훑어보고 넘어갈 수 없었을 것이다. 외부의 소란에 참여하지 못했을 것이다. 발견한 것과 발견할 것에 몰두하느라 고독하고 고독했을 것이다.

늘 보던 것, 언제나 경험하는 것, 이미 알고 있는 것으로 간주되는 사물이나 현상에 집중력을 발휘하는 것은 불필요하다. 아니, 불가능하다. 누가 이미 알고 있는 것, 언제나 경험하는 것, 늘 보던 것을 아직 모르는 것, 한 번도 경험하지 않은 것, 처음 보는 것을 대하듯 집중하겠는가.

외부의 진면목을 발견하기 위해 필요한 것이 참여가 아니라 고독이라는 것은 역설이다. 고독에 대한 두려움을 이기지 못한 자는 외부의 소란에 참여하고, 기꺼이 외부의 일부가 된다. 그래서 발견할 것을 발견하지 못하고, 늘 보던 것, 언제나 경험하는 것, '커튼' 안의 것, 이미 알고 있는 것만 반복한다. 비참해진다. 무언가가 불러일으켜질 이유가 없는 사정이다. 고독을 이길 힘을 가지지 않고는 글을 쓸 수 없다는 마루야마 겐지의 말(《소설가의 각오》)도 이 점을 겨냥하고 있지 않을까.

0

무언가를 불러일으키지 않는 책이나 음악이나 여행지가 따로 있는 것이 아니라, 어떤 책이나 음악이나 여행지나 사람으로부터 아무것도 불러일으키지 못하는 사람이 있다. 물론 무언가를 더 많이 가지고 있는 책이나 음악이나 여행지나 사람이 없다고 할 수 없는 것처럼 무언가를 덜 가지고 있거나 아예 가지고 있지 않은 책이나 음악이나 여행지나 사람이 없다고 할 수도 없다. 그렇지만 책임을 전적으로 한쪽에 몰아서는 곤란하다. 그것들이 아무 말도 하지 않기 때문에 붙잡지 못했을 뿐이라고 말하려면 상당히 뻔뻔해져야 한다.

뻔뻔해지지 않기 위해 말하자면, 푸네스처럼 모든 것을 다르게, 유일하게, 처음 보는 것처럼 보는 눈을 가져야 한다. 푸네스를 따라하게 되면 어제 본 나무는 오늘 본 나무와 같은 나무가 아니게 된다. 어제 본 얼굴도 오늘 본 얼굴과 같은 얼굴이 아니다. 완전히 새로운 나무이고 전혀 다른 새로운 얼굴이다. 모든 것이 순간마다 새로울 것이다.

0

그러니까 요구할 것은 익숙해지지 않는 것, 섣불리 규정하고 넘겨짚고 유형화하고 관성에 넘어지지 않는 것. 벼르고 깨어 있는 것. 집중하는 것. 참여에의 유혹에 넘어가지 않는 것. 고독을 견디는 힘을 기르는 것. 모든 것을 지금 처음 접하는 것처럼 대하는 것. 모든 사람을 처음 만나는 사람처럼 만나고 모든 소식을 처음 듣는 것처럼 듣는 것. 해질 무렵의 하늘이나 특정한 방향으로 구부러진 나무의 자태나 골목길에 매달린

간판이나 그 간판에 덮인 먼지들이나 책상 위에 놓인 커피잔 바닥의 커피 찌꺼기나, 무엇이든 마치 이 세상에 태어나서 처음 보는 것처럼 경이로움을 가지고 보는 것. 그런 것.

보르헤스와 류노스케를 읽으며

0

옛날에 바빌로니아의 한 왕이 자기 나라의 가장 뛰어난 건축가들과 마술사들을 동원해서 한번 들어가면 절대로 나올 수 없는 완벽한 미로를 만들었다. 이 이례적인 작업은 사람들의 입에 오르내릴 수밖에 없었는데, 그것은 혼돈과 경이로움이 인간이 아닌 신의 고유한 속성이기 때문이었다고 보르헤스는 주석을 붙인다. 〈두 왕과 두 개의 미로〉라는 짧은 소설은 그의 소설집 《알렙》에 들어 있다. 미로가 신의 고유한 속성인 혼돈과 경이로움을 나타내는 상징이라면, 미로 건축은 신을 흉내내기, 혹은 신의 영역을 탐내기가 되고, 어쨌든 일종의 불경이 된다. 그러니까 이야깃거리가 될 수밖에. 비록 세상의 모든 권한과 영광을 양손에 쥐고 있다고 하더라도 왕 역시 인간이므로, 이 일을 하는 것은 자연스럽지 않다. 이 일, 미로 만들기는 능력의 문제가 아니라 속성의 문제이기 때문이다. 인간이 미로를 만들자면, 즉 신을 흉내내거나 신의 영역을 탐내자면, 속성이 아니라(인간에게는 그런 속성이 없으니까) 능력을 사용해야 한다. 속성으로 나타나는 것을 능력을 발휘해서 이루어야 한다. 부자연스럽다는 것은 그런 뜻이다. 미로는 '건축'하는 것이 아니라 '나타나는' 것이다. (인간의) 일이 아니라 (신의) 속성에 속한 것이다.

보르헤스의 소설은 이렇게 이어진다. 얼마큼 시간이 지

호르헤 루이스 보르헤스(Jorge Luis Borges)

난 다음 이 바빌로니아 왕의 궁전에 한 아랍 왕이 찾아온다. 바빌로니아 왕은 자기가 만든 미로를 자랑하기 위해, 그리고 얼마간 손님인 이웃 왕을 놀려주려는 속셈을 가지고 자기가 만든 그 미로에 들어가게 한다. 과연 나라의 전문가들이 동원되어 만든 그 미로는 아주 훌륭해서 아랍 왕은 그 안에서 길을 잃었고, 하루 종일 모멸감과 혼돈 속에서 헤매고 다녀야 했다. 아랍 왕이 미로에서 빠져나오기 위해서는 신의 도움을 받아야 했다. 그는 신에게 도움을 청한 끝에 겨우 출구를 찾아 빠져나올 수 있었다.

그런데 미로에서 빠져나온 아랍 왕은 겉으로는 아무 불평도 하지 않고, 그저 자기도 아라비아에 다른 형태의 미로를 가지고 있다는 말을 한다. 그러면서 기회가 되면 언젠가 그것을 바빌로니아 왕에게 구경시켜주겠다고 한다. 그 약속은 바로 지켜진다. 아랍 왕은 자기 나라로 돌아오자마자 군대를 동원해 바빌로니아를 침공하고 성을 무너뜨리고 바빌로니아 왕을 사로잡아 자기 나라로 데려온다. 바빌로니아 왕이 만든 인공의 미로에 갇혔을 때 기분이 몹시 상했을까. 아마 그랬던 모양이다. 아랍 왕은 바빌로니아 왕을 날쌘 낙타 등에 묶은 다음 사막으로 데려간다. 사막을 사흘 동안 걸은 다음 아랍 왕은 바빌로니아 왕에게 말한다. "바빌로니아에서 당신은 수많은 계단과 문과 벽으로 만들어진 미로 속에 나를 집어넣어 길을 잃게 했소. 이제 전지전능하신 신께서 나로 하여금 올라갈 계단도, 열어야 할 문도, 내달릴 복도도, 앞을 가로막을 벽도 없는 나의 미로를 당신에게 보여줄 기회를 부여하였소." 이 말을 하고 아랍 왕은 바빌로니아 왕의 포승을 풀어주고 사막 한가운데 홀로 남겨둔 채 떠난다. 바빌로니아 왕은 그곳을 빠져나오지 못하고 굶주림과 갈증으로 죽었다고 소설은 말한다.

사막이(야말로) 미로다. 사막은 거기 있다, 미로로. 사막에는 미로의 구성요소인 계단도 문도 복도도 벽도 없다. 만들어진 것이 아니기 때문이다. 만든 미로가 아니라 있는 미로, 인간의 능력으로 건축한 인공의 미로가 아니라 신의 속성에 의해 나타난 자연의 미로이다. 혼돈과 경이로움을 흉내낸 것에 다름아닌 인공의 미로는 건축물에 지나지 않는다. 신의 속성에 속하는 혼돈과 경이로움을 모방하는 미로의 건축을 위해 인간은 정교하고 치밀해져야 한다. 자연 상태의 드러남인 혼돈과 경이로움을 탐내면 탐낼수록 인공적 치밀함과 정교함이 더해져야 하는 아이러니가 발생한다. 이루고자 하는 것은 혼돈인데 그것을 이루기 위해 갖춰야 하는 것은 정교함이다. 추구하는 것은 신비인데 그 신비를 위해 동원해야 하는 것은 인위적 기술이다. 건축이기 때문이다. (신의) 속성에 속한 것을 (인간이) 능력으로 모방하려 하기 때문이다.

유능한 건축가와 마술사들을 가진 바빌로니아 왕은 사

막을 가졌을 뿐인 아랍 왕을 이기지 못했다. 아무리 정교해도 (인간의) 능력은 (신의) 속성을 이기지 못한다. 억지로 한 것이 저절로 된 것을 능가하지 못한다. 작위는 무위를 넘볼 수 없다. 올라갈 계단도, 열어야 할 문도, 내달릴 복도도, 앞길을 막을 벽도 없지만, 인공의 미로는 자연의 미로를 결코 이기지 못한다. 아무리 정교하고 훌륭한 미로도, 인간이 만들었다면, 신의 혼돈과 경이로움을 모방한 한낱 건축물에 지나지 않기 때문이다.

반은 사람이고 반은 소의 모습을 한 괴물 미노타우로스를 가두기 위해 다이달로스가 만든 미궁(라비린토스)은 수많은 우회로와 굴곡으로 사람들의 눈을 홀리는 아주 이상한 건물이었다고 한다. 그런데 다이달로스가 이 미로를 만들 때 참조한 것은 그의 뛰어난 상상력이 아니라 프리기아 땅을 흐르는 현실의 강이었다. 그 강의 이름은, 오비디우스의 《변신 이야기》에 의하면 마이안드로스이다. 이 강은 왼쪽으로 흐르는가 하면 오른쪽으로 흐르고, 이쪽으로 흐르는가 하면 저쪽으로 흐르며, 강의 원류를 거슬러 올라가는가 하면 어느새 대양을 향해서도 흘러가는 참으로 이상한 강이었다고 한다. 세상에서 가장 정교한 미로 건축물로 알려진 라비린토스도 현실에 있는 것을 모방한 것에 지나지 않았다.

어떤 인공의 창작물도 자연 상태의 혼돈과 경이로움을 넘어설 수 없는 것은 그것이 모방에 불과하기 때문이다. 보르헤스는 같은 책에 실린 다른 소설 〈아벤하깐 엘 보하리, 자신의 미로에서 죽다〉에서 측정할 수 없을 정도로 길고 복잡한 복도를 가진 거대한 원형의 집 한복판에 단 하나의 방이 있는 미로를 만든 어떤 아프리카 왕의 사연을 들려준다. 소설의 인물 가운데 한 명의 입을 통해 작가는 '세계가 바로 미로'라고 말한다. 세계가 바로 미로인데, 미로를 건축한다는 것이 이치에 닿지 않는다는 취지의 주장이다. 도망자가 숨기에 그런 모양의 인공적인 미로가 적합하지 않다는 것. 그러니까 숨기 위해 그런 인공의 미로—건축물을 굳이 만들 필요가 없다는 것. 그는, 그런 인공의 건축물보다 런던이 훨씬 훌륭한 미로라고 주장한다. 정말로 숨기를 원하는 사람은 인공의 미로가 아니라 대도시 속으로 들어가라는 것이다. 만일 이 소설에 〈두 왕과 두 개의 미로〉의 아랍 왕이 등장한다면 아마 사막이 훨씬 더 훌륭한 미로라고 주장할 것이다.

0

우리는 뉴스의 미로 속에서 산다. 대한민국이 뉴스다. 충격적인 뉴스들이 연발탄처럼 쉬지 않고 줄기차게 쏟아진다. 도망자가 숨기에 적당한 대도시인 런던과 같다. 바빌로니아 왕이 빠져나오지 못하고 죽은 사막과 같다. 혼돈과 경이로움이 런던과 사막의 특징이다. 아프리카의 왕(혹은 그의 사촌인 대신)이 만든 미로—건축물은 왼쪽으로만 계속 돌아가면 하나의 방이 지어진 한복판에 이르지만, 우리가 직면하고 있는 이 미로는 어디로 가야 중심에 이를 수 있는지 알 수 없다. 왼쪽으로 흐르는가 하면 오른쪽으로 흐르고 이쪽으로 흐르는가 하면 저쪽으로 흐르고 강의 원류를 향해 거슬러 오르는가 하면 어느새 대양을 향해서도 흘러간다. 인위적 건축물이라면 있는 것이 당연한 방향과 중심과 끝을 추정할 수 없다. 어떤 탁월한 상상력의 작가도 감히 상상할 수 없는 희한하고 새롭고 터무니없는 이야기들이 끊임없이 쏟아져나와 혼돈과 경이로움의 미로를 만든다. 신을 흉내내는 자인 소설가들의 상상력은 이 세계의 미로인 현실을 흉내낼 수 없어서 절망한다. 소설가는 소설을 쓸 수 없다. 독자는 소설을 읽을 수 없다. 사람들은 뉴스를 본다. 뉴스만 본다.

0

라비린토스, 다이달로스라는 세기의 장인에 의해 만들어진 그리스 신화 속의 미로—건축물은 그 안에 반인반수 미노타우로스를 가두고 있다. 해밀턴의《그리스 로마 신화》에 묘사된 미노타우로스는 소의 몸에 사람의 머리를 하고 있다. 그러나 어쩐 일인지 대부분의 신화 사전들은 미노타우로스가 사람의 몸에 소의 머리를 하고 있는 것으로 기록하고 있다. 특히,

그림이나 조각들이 그렇다. 단테의《신곡》에 삽입된 윌리엄 블레이크의 그림은 예외지만, 거의 모든 그림이나 조각품들이 사람의 몸에 소의 머리를 한 괴물로 미노타우로스를 표현하고 있다.

사람의 몸에 소의 머리인가, 소의 몸에 사람의 머리인가, 하는 문제는 생각처럼 간단치가 않다. 이것은 괴물의 조건, 예컨대 무엇이 괴물이게 하는가, 하는 질문과 닿아 있는 것처

〈미노타우로스를 죽이는 테세우스〉, 고대 그리스 도기 그림, 기원전 6세기, 대영박물관.

럼 내게는 느껴진다. 그림과 조각들 대부분이 이 괴물의 (몸뚱이가 아니라) 머리를 소로 표현하고 있는 사실에서 우리가 유추할 수 있는 것은 괴물이라고 지정하기 위해서는 사람의 머리, 즉 사람의 얼굴을 가지고 있지 않아야 한다는 생각이다. 괴물로 구분되기 위해 필요한 것이 몸이 아니라 머리, 즉 얼굴이라는 것이다. 사람의 (몸이 아니라) 얼굴을 가지고 있지 않으면 사람이 아니라는 것이다.

사람의 얼굴은 그 얼굴의 주인이 사람임을 주장한다. 몸이 사람의 몸이 아니어도 얼굴이 사람의 얼굴이면 그를 사람이 아니라고 말하기 어렵다. 몸이 사람의 몸이어도 얼굴이 사람의 얼굴이 아니면 그를 사람이라고 말하기가 어렵다. 그래서 괴물인 미노타우로스의 형상은 소의 얼굴을 가져야 했을 것이다. 보르헤스가 〈아벤하깐 엘 보하리, 자신의 미로에서 죽다〉라는 소설에서 미로의 거주자가 소의 머리를 가진 미노타우로스였다는 사실을 상기시키는 것은 의미심장하다. 그 흉측한 집과 마찬가지로 그 거주자 역시 흉측해야 한다는 것이 그의 생각이었을 것이다.

이 소설 속의 아프리카 왕은 자기가 만든 정교한 미로—건축물 한복판에 있는 방에서 죽는다. 그런데 독특하게도 그가 발견될 때 그의 얼굴은 뭉개져 있었다. 왕만 그런 것이 아니다. 같이 있던 사자와 노예의 얼굴도 짓뭉개진 채 죽어 있었다. 미로의 중앙에 거주하는 거주자의 얼굴이 뭉개져 있다는 사실을 작가는 중요한 서사적 단서로 제시하며 이야기를 이어간다.

뭉개진 얼굴은 구별되지 않으며 알아볼 수 없다. 알아볼 수 없는 얼굴은 괴물과 같다. 살인자는 사람의 얼굴을 뭉개버림으로써 얼굴을 구별하지 못하게 하고, 얼굴을 가진 자의 고유성을 사라지게 한다. 사람의 얼굴을 뭉개버림으로써 사람이 아니게 한다. 미로의 성격에 들어맞는 거주자가 아닐 수 없다. 미로에 만들어진 크고 작은 많은 길과 문과 복도와 벽은 길을 찾게 하기 위해서가 아니라 길을 찾지 못하게 하기 위해 고안되었다. 선명하게 하기 위해서가 아니라 혼란스럽게 하기 위해 설계되었다. 진실을 붙잡게 하기 위해서가 아니라 진실을 달아나게 하기 위해 건설되었다. 미로의 핵심에 접근하기도 어렵거니와(핵심이 있기는 한 것일까?) 설령 접근한다 해도 우리는 그 방에 숨어 있는 진실의 얼굴을 확인하는 데 어려움을 겪을 것이다. 아마 확인하지 못할 것이다. 혼란과 경이로움의 다른 이름인 의혹만 남을 것이다. 왜냐하면 그 얼굴은 뭉개져 있을 테니까. 뭉개진 얼굴은 알아볼 수 없을 테니까. 알아볼 수 없는 얼굴은 없는 얼굴이나 마찬가지일 테니까.

〈카게무샤〉, 구로사와 아키라 감독, 1980년.

0

"실체가 있어야 그림자가 있는 법." 플라톤을 소개하는 철학 개론서에 나올 법한 이 문장을 구로사와 아키라 감독의 영화 〈카게무샤〉에서 만난다. 16세기 중반, 천하를 차지하기 위해 영주들이 패를 갈라 싸우는 혼란기의 일본을 배경으로 한 이 영화에는 그 당시 가장 강력한 영주였던 다케다 신겐의 카게무샤(그림자 무사)가 등장한다. 좀도둑에 불과했던 그는 영주를 빼닮은 얼굴 덕에 영주의 그림자 무사가 된다. 나중에 일본을 통일한 도쿠가와 이에야스의 카게무샤를 소재로 한 드라마까지 있는 걸 보면 그 당시 일본에서는 영주들의 신변 보호를 위해 대역을 이용하는 일이 드물지 않았던 것 같다. 영주 한 사람의 생사가 전쟁의 승패를 좌우한다는 믿음이 지배했을 시대를 생각하면 이해할 수 있는 현상이다.

그림자는 스스로 존재할 수 없고 저절로 생겨날 수 없다. 그림자는 실체로부터 말미암고 실체에 의존한다. 실체가 없으면 그림자가 생길 수 없으므로 그림자는 실체의 존재증명에 쓰인다. 그림자를 보는 것이 곧 실체를 보는 것이라고 윽박지를 수는 없지만, 실체의 있음을 받아들이지 않을 수 없는 경험인 것은 부정하기 어렵다. 카게무샤는 존재하는 영주를 대신하는 자이다. 존재하지 않는다면 대신할 이유가 없고 대신할 필요도 없다. 실체가 있을 때, 그러니까 영주가 살아 있을 때, 카게무샤는 그림자이고, 그림자일 수 있으며, 그림자에 불과하다. 실체가 있을 때, 그러니까 영주가 살아 있을 때 카게무샤는 그림자이기만 하고, 그림자 이상이어서는 안 되고, 그림자 이상을 꿈꾸어서도 안 된다. 실체와 그림자는 닮았지만, 닮았을 뿐 같은 것은 아니다. 하나는 다른 하나의 기원이고, 하나는 다른 하나에 예속되어 있다. 질적으로도 완전히 다르다. 그림자에게는 생명이 없다. 그림자는 실체가 될 수 없다. 그림자는 실체에서 나왔지만 실체에 이르는 길은 막혀 있다.

그런데 만일 실체가 없다면? 실체가 없을 때, 그러니까 영주가 죽었을 때, 죽었는데도 여전히 카게무샤의 신분을 유지하는, 원칙적으로 불가능한 일을 계속하지 않으면 안 된다면? 실체가 사라졌는데도, 실체 없이 그림자로 있어야 한다는 요구를 받아들여야 한다면?

영화 속의 카게무샤는 영주가 죽은 다음에, 그러니까 실체가 사라진 다음에 비로소 그림자 역할을 본격적으로 맡아 하는 것으로 나온다. 말미암을 실체가 사라진 상태에서 그림자여야 하는, 이 불가능한 일을 어떻게 할 수 있는가? 그림자가 실체가 되는 방법 말고는 없다. 실체가 있을 때, 그러니까 영주가 살아 있을 때 카게무샤는 그림자이기만 하고, 그림자 이상이어서는 안 되고, 그림자 이상을 꿈꾸어서도 안 되었지만, 실체가 없을 때, 그러니까 영주가 죽어 존재하지 않을 때는 그림자이기만 해서는 안 되고, 그림자로만 있어서도 안 된다. 모방할 실체 없이 그림자이기만 하고 그림자로만 존재한다는 것이야말로 불가능하다. 그 스스로 실체가 되지 않으면 그림자일 수도 없다. 이것은 역설이다. 그는 그림자이기 위해 실체여야 한다. 그림자이기 위해 그림자 이상이어야 한다. 그리고 영화 속 카게무샤는 실제로 그렇게 한다. 그는 영주인 신겐의 이름으로 전쟁을 치르고 후계자인 손자와 잘 어울리면서 신겐이 되어간다. 그런 것처럼 보인다.

그러나 그가 되려고 한 신겐은 이미 존재하지 않는 자

이다. 그가 되려고 하고 거의 되어간 영주는 사실은 없는 자이다. 없는 자를 닮을 수 없고, 없는 자가 될 수도 없다. 그런데 그는 없는 자가 되고자 했다. 없는 자가 될 수 있는 길은 (없어지는 것 말고는) 없으므로 그는 없는 자가 되지 못한다. 영주는 없고, 그러니까 실체가 아니고, 있는 것은 그림자뿐이다. 말하자면, 그림자가 실체다. 이 그림자는 처음에는 실체에서 비롯했지만, 그의 기원인 실체가 사라졌으므로 어디에도 예속되지 않은 고유한 실체가 된다. 실체로서의 그림자는 내용이 텅 비어 있으므로 껍데기이고, 결여, 불완전, 거짓, 혼란을 그 속성으로 한다.

그림자는 얼굴이 없다. 윤곽만 있을 뿐 얼굴의 세부가 뭉개져 있으므로 알아볼 수 없다. 대면할 수 없다.

0

산그늘 덤불 속에서 한 남자의 시신이 발견된다. 유력한 용의자인 다조마루라는 도둑이 붙잡힌다. 목격자는 이 유명한 도둑이 산속에서 남자를 죽이고 같이 있던 여자(그 남자의 아내)까지 죽였을 거라고 증언한다. 아쿠타가와 류노스케의 단편 〈덤불 속〉의 내용이다. 작가는 누가 남자를 죽인 범인인지 찾아내도록 관련 인물들의 진술을 하나하나 들려준다.

먼저 용의자로 잡힌 도둑 다조마루의 고백. 그는 자기가 남자를 죽였다고 순순히 자백한다. 그는 처음부터 남자를 죽일 마음은 없었다고 말한다. 그가 탐낸 것은 남자의 동행인 여자였다. 그는 남자를 숲으로 유인해 묶어놓고 여자를 욕보인다. 그런데 그 일이 일어난 후에 여자가 기왕 이렇게 되었으니 자기는 두 사람 중에 한 사람을 따를 수밖에 없다고, 두 남자 중에 한 명은 죽어야 한다고, 자기는 누구든 살아남은 사내를 따르겠다고 했다 말한다. 자기는 남자를 죽일 생각이 없었지만, 여자가 그렇게 말하니까 남자를 풀어주고 맞대결을 벌였다고, 스물세 합째에 그 사내의 가슴을 찔렀다고, 그렇게 남자를 죽이게 되었다고 말한다. 결투가 끝나고 돌아보니 여자는 사라지고 없었다는 것이 도둑의 진술 내용이다.

여자는 도둑과는 달리 남편을 죽인 것이 자기라고 말한다. 도둑이 자기를 욕보일 때 남편이 그 장면을 묶여 있는 상태에서 노려보았는데, 그 눈빛에 말로 표현할 수 없는 차가운 경멸과 증오가 가득 담겨 있었다고, 자기는 남편에게 부끄러운 꼴을 보였기 때문에 살아 있을 수 없었다고 말한다. 자기는 죽어야 하고, 그 전에 자기의 부끄러운 꼴을 본 남편을 죽여야 했다는 것이다. 그래서 남편을 단도로 찌른 후 자기도 따라 죽으려고 했는데, 그럴 기력이 없어서 죽지 못했다고, 그후에도 죽으려고 온갖 짓을 다 해봤지만 죽지 못했다고 말하며 흐느낀다.

죽은 남자는 무녀의 입을 빌려 다른 말을 한다. 그의 이야기는 도둑의 진술과 다르고 아내의 고백과도 다르다. 아내를 욕보이고 난 후 도둑이 자기의 아내가 되어달라고 요구했는데, 그때 아내가 그 도둑에게 어디든 데려가달라고 부탁하는 것을 들었다고 그는 말한다. 그러면서 그러려면 남편인 자기를 죽여야 한다고, 그러지 않으면 같이 갈 수 없다고 부르짖으며 도둑의 팔에 매달렸다는 것이다. 그러자 도둑이 아내를 뿌리치며 자기에게 저 여자를 죽여줄까, 하고 물었는데 자기가 망설이고 있는 사이에 아내가 도망쳤다고 말한다. 아내가 도망치자 도둑이 자기를 묶고 있던 밧줄 한 군데를 끊어주고 사라졌다고 말한다. 그래서 자기는 아내가 떨어뜨리고 간 단도를 집어 자기 가슴을 스스로 찔렀고 얼마 후 누군가 나타나 가슴에 꽂힌 단도를 뺐다는 게 죽은 자의 진술이다.

아쿠타가와 류노스케(芥川龍之介)

남자를 죽인 사람은 누구일까. 세 사람의 말이 다 다르다. 한 사람의 말만 들었을 때 분명하던 것이 다른 사람의 말이 더해지자 분명하지 않은 것이 된다. 진술이 추가될 때마다 진실이 흐릿해진다. 이 사람의 말이 저 사람의 말에 의해 부정되고, 저 사람의 말이 다른 사람의 말에 의해 부정된다. 말들이 보태지면서 진실이 달아난다. 종국에는 죽은 사람은 있지만,

누가 죽였는지 오리무중이 된다. 누구나 의심이 가지만, 누구도 의심할 수 없게 된다.

이 소설을 다양성이나 상대적 진실을 옹호하는 것으로 읽으려면, 각기 다른 여러 가지 시각이나 입장을 가진 사람들의 진술이 더해지면서 한 사람의 진술만 들었을 때는 희미하던 사건의 내막이 점차 분명해져가다가 마침내 확실해지는 진행을 보여야 한다. 그러나 류노스케는 이 소설을 그렇게 진행하지 않았다. 사람들의 진술이 더해질수록 사건의 진실을 파악할 수 없게 되는 소설의 진행을 통해 류노스케는 미로를 만든다. 단어들과 문장들과 고백들과 진술들과 증언들을 동원해 미로를 만든다. 말들이 미로 건축의 재료이다. 말들이 더해지고 보태지고 쌓이면서 미로가 만들어진다.

0

드러내기 위해 쓰이는 말들이 덮기 위해서도 쓰인다. 명쾌하게 하기 위해 쓰이는 말들이 혼란하게 하기 위해서도 쓰인다. 진실을 밝히기 위해 쓰이는 말들이 진실을 가리기 위해서도 쓰인다. 우리는 말들, 진술과 고백과 증언들이 만들어낸 혼돈과 경이로움(경이로움의 다른 이름인 의혹)의 미로 속에 갇혀 산다. 이때 말들은 얼굴을 뭉개는 도구이다. 미로의 한복판에 죽어 누운 이는 얼굴이 뭉개져 있다. 뭉개진 얼굴은 알아볼 수 없다.

쓰이지 않은 소설의 독자

0

독자를 의식하거나 염두에 두고 글을 쓰는 것은 불가능하다. 독자가 누구인지 모르기 때문이다. 누가 읽을지 알 수 없다는 뜻에서만이 아니다. 독자라고 부를 수 있는 사람은, 적어도 아직은, 글을 쓰고 있거나 쓰려고 하는 동안에는, 존재하지 않는다. 읽는 사람을 독자라고 부른다. 이것은 쓰는 사람을 작가라고 부르는 것만큼 확실하고 단순한 정의이다. 말하자면 읽기 전에는 누구도 아직 독자가 아니다. 독자라고 정해진 사람은 없다. 독자는 고정되어 있지 않고 유동한다. 본질적으로 독자인 사람은 없고, 누구나 어떤 순간, 즉 책을 읽는 행위를 하는 순간 독자가 된다. 특정 책을 읽는 순간 특정 책의 독자가 된다. 이 경우에도, 너무 당연하지만, 그가 읽은 특정 책에 대해서만 독자이지 그가 읽지 않은 다른 책들에 대해서까지 독자인 것은 아니다. 독자는 됨, 즉 생성의 영역에 속하는 개별적 존재다. 읽지 않고는 독자가 될 수 없고, 읽기 전에는 독자일 수 없는데, 없는 글을 읽을 수는 없기 때문에 작가가 글을 쓰고 있거나 글을 쓰려고 하는 동안 그 글의 독자는 이 세상에, 아직은 존재하지 않는다.

개별적 존재로서의 독자는 언제나 작품 다음에 태어난다. 작품이 곧바로 독자를 태어나게 하는 것은 아니지만, 독자를 태어나게 하기 위해서는 작품이 있어야 한다. 독자가 되려면 읽어야 하고, 읽으려면 읽을 책이 있어야 하기 때문이다. 아직 태어나지 않았으므로 그가 어떤 사람인지, 무엇을 좋아하고 무엇에 이끌리고 무엇에 흥분하는지 말할 수 없다. 알 수 없는 것에 대해서 말할 수 있는 사람은 없다. 존재하지 않는 것에 대해서는 더욱 그렇다. 존재하지 않는 독자, 아직 태어나지 않은 독자를 의식한다는 건 그래서 이치에 맞지 않다. 옳지 않은 것이 아니라 불가능하다.

0

그럼에도 이런 말―독자를 의식하며, 혹은 독자를 염두에 두고 소설을 쓴다는 말이 의심 없이 받아들여지고, 어떤 경우 심지어 마땅히 그래야 하는 것으로 장려되기까지 하는 것은, 그 말이 배려나 호의의 표시인 것처럼 들리기 때문이다. 누구의 누구에 대한 배려이고 호의일까? 이 표현 속에 들어 있는 글쓰는 이의 은밀한 자부심과 오만을 꿰뚫어보는 것은 그다지 어렵지 않다. 작가는 독자를 배려할 수 없다. 독자가 그런 대상이 아니거나 그런 대상이 되기를 원치 않기 때문이다. 책을 읽는 사람은 배려나 호의를 받기 위해서가 아니라 부딪치기 위해 읽는다. 부딪침은 만남을 위한 전제조건이다. 베풀거나 한 수 가르치거나 내려보낸다는 의식을 가지고, 말하자면 읽을 사람을 배려하여 소설을 쓰는(쓴다고 표방하는) 것만큼 안쓰러운 것도 없다. 그것만큼 잠재적 독자를 불쾌하게 하는 것도 없다. 독자는 그저 수용하고 단지 받아들이기만 할 뿐인 수동적 객체가 아니기 때문이다. 독자가 혹시 어떤 욕망을 가지고 있다면 만남에 대한 기대이다. 소설가에게 혹시 어떤 욕망이 있어야 한다면, 그것 역시 만남에 대한 기대이다. 설렘이다. 그러나 그것조차 없는 것이 가장 좋다. 독서의 효과로 감동과 성찰이 나타나지 않는 것은 아니지만, 그리고 그것이 독서하는 사람이 독서를 통해 누리기를 원하는 거의 유일한 기쁨이지만, 그것은 배려나 호의를 받아서 생긴 것이 아니라 치열한 부딪침, 동지를 찾은 것 같은 만남의 결과이다.

배려나 호의 없이 필사적으로, 가진 모든 것을 다 써서 써야 한다. 말하자면 의식하지 않고, 염두에 두지 않고. 의식하고 염두에 둘 독자가 없기 때문이다. 글을 쓰는 동안, 그 글의 독자는 아직 태어나지 않았기 때문이다.

0

헤밍웨이는 한 인터뷰에서 이런 말을 했다. "가장 좋은 글은 사랑에 빠져 있을 때 쓴 글이다." 나는 질문한다. 사랑에 빠져 있을 때 글쓰기가 가능한가.

0

사실 독자는 존재한다. 글을 쓰는 동안 소설가는 어디 있는지 짐작도 할 수 없었던 독자가 글쓰기를 간섭하기 위해 나타나는 것을 경험한다. 이 현상은 필연적이다. 하나의 문장이 만들어질 때, 즉 작가가 생각과 감정을 고르고 단어와 단어를 조합해서 문장을 쓸 때, 그 순간에, 그 자리에 쓰인 그 글을 읽는 독자가 출현한다. 일종의 자아 분열이라고 할 수 있는데, 이것은 피할 수 없고 피하려 해서도 안 된다,라고 나는 나에게 주문하는 편이다. 작가인 내가 쓴 문장을 독자인 내가 읽는다. 독자는 작가가 쓴, 쓰인 문장을 읽는다. 작가는 읽는 자가 아니고 독자는 쓰는 자가 아니다. 독자는 쓰지 못하고 작가는 읽지 못한다. 쓰는 순간 독자가 출현하는, 출현해야 하는 자아 분열의 비밀이 여기 있다. 독자는 자기가 쓴 글을 읽지 못하는, 그러나 읽어야 하는 작가를 위해 나타나야 하는 것이다.

자기가 쓴 글을 읽지 못할 때 작가는 불안하다. 왜냐하면 읽는 것은 곧 파악과 판단의 활동이기 때문이다. 자기가 쓴 문장을 읽지 못하는 작가는 자기가 쓴 문장의 쓸모와 가치를 파악하고 판단하지 못하기 때문에 안절부절못하게 되고 더 이상 문장을 이어 쓰지 못하게 된다. 그러나 작가는 계속 쓰지 않으면 안 되기 때문에, 계속 쓰기 위해 (읽을 줄 아는) 독자를 필요로 한다. 그러니까 독자는 작가의 필요에 의해 출현한다. 읽는 자아, 파악하고 판단하는 까다로운 역할을 떠맡은 이 독자의 간섭 없이 작가는 한 걸음도 앞으로 나가지 못한다, 나가지 말아야 한다,라고 나는 나에게 주문하는 편이다. 그런 의미에서 글쓰기는 독자와의 협업이다.

글을 쓰는 동안 작가가 상정할 수 있는, 상정해야 하는 독자는 있다. 단 한 명의 믿을 수 있는 독자, 작가 자신이다. 실체를 가지고 있고 고려할 가치가 있는 유일한 독자다. 그 말고는 없다.

실존의 딜레마에 대한 질문

내가 아는 한 소설은 인간이 누구인지를 묻고 탐구하는, 가장 효과적이고 이상적인 장르이다. 소설이 묻고 탐구하는 '인간'은 존재가 아니라 실존이다. 즉 종(種)으로서의 인간의 본질이 아니라 구체적 상황 속에 놓인 개별자의 순간의 선택에 주목하는 것이 소설이다. 이 때문에 소설가들은 종종 실존의 문제를 이슈화하기 위해 개인을 극단적 상황 속에 놓는다. 카프카가 압도적인 상황의 강요 앞에 불려나온 개인의 실존적 딜레마를 소설의 테마로 제시한 이후 통속과 우여곡절의 인생 유전적 멜로드라마는 진지한 소설의 관심거리에서 멀어졌다.

엔도 슈사쿠는 특정 상황 속에서 선택을 강요당하는 인

간을 문제삼기 위해《침묵》을 썼을 것이다. 엔도 슈사쿠가 제시한 '압도적' 상황은 역사적 맥락이 없고 알레고리적인 성격이 강한 카프카의 그것과는 달리 구체적이고 실제적이다. 요컨대 1600년대 일본 당국의 종교 박해라는 역사적 배경과 견디기 힘든 고문, 배교에의 회유, 죽음의 공포 등 직접적이고 육체적인 요인으로 형성되어 있는 이 극단적 상황은 훨씬 압도적으로 개인을 억압한다.

엔도 슈사쿠(遠藤周作)

소설에서 서양 종교인 기독교를 받아들인 신자들은 예수의 성화를 밟고 지나감으로써 배교할 것인가, 아니면 믿음을 지킴으로써 고문과 죽음을 받아들일 것인가, 하는 선택 앞에 선다. 목숨이 걸려 있고 믿음이 걸려 있는 시험이다. 목숨은 천하보다 귀하고 믿음은 목숨만큼 중요하다. 이 상황에서 인간은 무엇을 할 수 있는가. 상황 속에 있는 인간은 선택할 수 있기 때문에 자유롭지만, 선택하지 않으면 안 되기 때문에 부자유하다. 어느 것을 선택하든 선일 수 없는 상황에서 어떤 선택인가를 하지 않으면 안 되는 인간의 자유는 권리가 아니고 의무, 잔인하고 가혹한 의무가 된다. 어느 것을 선택해도 선일 수 없는 선택을 해야 하므로 인간의 자유는 축복이 아니라 형벌이 된다. 인간은 자유를 축복이 아니라 형벌로 받는다. 선고된 형은 집행되지 않으면 안 된다. 이 말은 개인이 어떤 선택을 해도 선일 수 없는 상황에서도 어떤 선택인가를 하지 않으면 안 된다는 말과 같다.

엔도 슈사쿠의 인물들은 예수님의 성화를 밟거나 밟지 않는다. 밟지 않고 모진 고문과 죽음을 선택한 이들은 당연히 고통스럽지만 밟음으로써 고문과 죽음을 피한 이들은 고통스럽지 않을 거라고 말할 수 있을까. 밟은 자들이 자신들의 육체적 고통을 피하기 위해서가 아니라 다른 이유가 있어서라면 어쩔 것인가. 밟은 그들의 선택의 동기가 자기의 안위와 이익이 아니라 밟지 않은 자들에 대한 사랑이라면 어쩔 것인가.

엔도 슈사쿠는 배교한 신부의 행위에 대해 '지금까지 누구도 하지 않았던 가장 괴로운 사랑의 행위'라고 주석한다. 심지어 그리스도께서 이런 상황 속에 있었다면 사랑 때문에 배교했을 것이라고 말하기까지 한다. 밟지 않은 자들도 아프고, 밟은 자들도 아프다는 것. 밟은 자들이 더 아프다는 것. 이것이 이 소설의 역설이다. 이것이 이 소설을 읽게 하는 사람까지 아프게 하는 힘이다.

모든 규범을 부정하고 단 하나의 규범인 사랑만을 옹

호한 상황윤리학자들의 생각에 엔도 슈사쿠의《침묵》은 충실하다. 실제로 그가 쓴《예수의 생애》속 예수는 사랑 말고는 할 줄 아는 게 없는 사랑의 화신으로 나온다. 행위는 진실을 절반밖에 말하지 않는다. 온전한 진실은 그가 어떤 행위를 했느냐가 아니라 어떤 동기로 그 행위를 했느냐를 통해 드러난다. 인간은 배신의 마음을 품고 키스할 수 있고 꽃다발을 바치며 저주할 수 있다. 우리는 특정한 상황이라는 맥락 속에 있는 인간 행위의 동기에 대해 이야기할 때만 진실에 대해 말할 수 있다. 엔도 슈사쿠는 배교의 행위 속에 있는 사랑의 동기를 예민하게 포착한다.

그러니까 이 소설은 단순히 종교소설이라고 말할 수 없다. 한국에서 이 책은 기독교 전문 출판사를 통해 소개되었고, 그럼으로써 이 훌륭한 소설이 가지고 있는 보편적이고 문학적인 의미가 상당 부분 제한적으로 알려지거나 제대로 알려질 기회를 갖지 못했다. 종교 박해의 역사와 순교–배교의 문제는 인간 실존의 딜레마를 통해 인간이 누구인지 묻고 탐구하기 위한 작가의 소설적 구상에 의해 취해진 것이라고 볼 수 있는데 그 점이 제대로 이해되지 못한 것 같아 아쉽다.

작가는 끝까지 인간–어떤 선택을 해도 선이 될 수 없는 상황 가운데 던져져 선택을 강요당하는 운명을 가진 개인의 실존을 떠나지 않는다. 이것은 히틀러 치하의 아우슈비츠와 1980년의 광주와 쓰나미와 원전사고의 현장인 후쿠시마와 파리의 테러 현장에서 물어졌고 물어지고 있으며 거듭 물어져야 하는 문제이다. 이 소설이 시대와 공간을 뛰어넘어 탁월한 현재성과 보편성을 가지고 있다는 뜻이다.

소설쓰기의 영광

0

이청준 선생을 처음 뵌 것은, 1981년 말이나 1982년 초였던 것으로 기억한다. 내가 《한국문학》 신인상을 받아 문단에 얼굴을 내민 것이 1981년 12월인데, 그 시상식을 그해 말이나 이듬해 1월에 했던 것 같다. 상금으로 복학 등록금을 낸 기억이 있는 것으로 보아 2월을 넘기진 않은 것이 확실하다. 기성작가에게 수여하는 한국문학상과 신인상 시상식이 같이 열린 자리였는데, 그해 한국문학상 수상자는 정연희 선생이었다.

그 자리에서 처음 이청준 선생을 뵈었다고는 하나, 인사만 했을 뿐 이야기도 나누지 못했다. 얼굴도 들지 못한 채 행사장 뒤에서 쭈뼛거리다가 도망치듯 다른 자리로 옮겨갔다. 낯가림이 심하고 수줍음을 많이 타는 성격 탓이 없지 않았지

이청준(李淸俊)

만, 그 때문만은 아니었다. 나에게 선생은 너무 높고 한없이 어려운 분이어서 눈을 마주칠 수도 입을 뗄 수도 없었다. 인사를 드리고 몇 마디 주고받는 짧은 순간에도 다리가 후들후들 떨리고 목소리 역시 떨려서 여간 곤란하지 않았다. 그렇게 도망쳐놓고는 예의도 모르는 젊은놈이라고 혹시 노여워하면 어쩌나 하는 걱정으로 여러 날 속을 끓였다. 그도 그럴 것이 선생은 나에게 소설가의 이름을 붙여준 세 분의 심사위원 가운데 한 분이었고, 편집부 직원으로부터 전해들은 바에 의하면 내 응모작을 적극적으로 지지한 분이었기 때문이다.

나는 내가 가진 능력이나 자격에 비해 과분한 은혜를 입고 산다는 생각을 자주 하며 사는데, 그 해 이청준 선생이 내가 응모한 신인 소설문학상의 심사를 맡은 것 역시 행운이라고 하지 않을 수 없다. 왜냐하면 나는 선생의 소설을 여러 번 반복해서 꾸준히 읽으며 소설 공부를 했기 때문이다. 등단작을 쓰는 동안에도 글의 길이 막힐 때마다 선생의 소설을 펼쳐 읽곤 했다. 그러면 신기하게도 막혔던 글의 길이 희미하게 보였다. 그러면 그 희미한 빛에 의지해서 다시 써내려갔다. 내 최초의 소설 〈에리직톤의 초상〉은 그렇게 탄생했다. 그러니까 미숙하고 졸렬한 채로나마 내 소설 속에는 선생 소설의 어떤 흔적이, 물론 그 풍부와 깊이에 비할 수 없지만, 묻어 있었을 거라고 감히 생각해본다. 그런 점이 선생의 눈에 띄어서, 아직은 졸렬하고 미숙하지만 가능성이 없지 않아 보인다고 생각하지 않았을까, 그래서 운 좋게 작가가 된 것이라고 나는 생각한다. 그러니까 선생이 아니었으면 나는 작가가 되지 못했을 것이라는 게 너무나 명명백백한 사실이다. 이것은 비단 선생이 1981년 《한국문학》의 신인상 심사를 했기 때문에 하는 말만은 아니다. 미리 말한 것처럼 나는 선생의 소설을 읽으면서 습작을 했다. 선생의 소설을 되풀이 읽으며 혼자서 소설 공부를 했다. 누구도 나에게 소설을 어떻게 쓰는지 가르쳐주지 않았다. 누구에게 물어보지도 않았다. 선생의 소설로 충분했다. 선생의 소설을 읽다 보면 소설을 어떻게 쓰는지가 알아졌다. 어떻게 쓰면 안 되는지도 알아졌다. 어떻게 알아졌는지는 설명할 수 없다. 그것은 설명할 수 있게 하는 앎이 아니라 쓰게 하는, 쓸 수 있게 하는 앎이었다. 씀으로써만 가르침을 받았다는 걸 증명할 수 있는 그런 앎이었다. 그러니까 선생의 소설은, 적어도 나에게는, 읽는 것 자체를 즐기고 만족하게 하는 소설이 아니라 쓰도록 충동하는 소설이었다.

그 충동이 처음 찾아왔던 순간은, 그 경험의 강렬함에도 불구하고 이상하게 언제였는지는 또렷하게 떠오르지 않는다. 중학교 3학년이나 고등학교 1학년쯤이 아니었을까 짐작하는데, 기억이 하도 부실해서 장담하기 어렵다. 그 당시에는 여성들을 위한 월간지들이 많았고, 잡지들마다 판촉을 위해 사은품이나 별책부록 같은 걸 만들어내곤 했다. 부실한 기억에 의지해서 말하자면, 어떤 여성지의 별책부록으로 국내 작가들의 단편소설 몇 편을 엮어낸 여성잡지가 있었는데, 누구 집에서인지, 어떤 경로를 통해서인지 모르겠으나 우연히 그 책을 보게 되었다. 그 여성지 별책부록으로 나온 작은 책에 이청준 선생의 단편소설 한 편이 다른 작가들의 작품과 함께 실려 있었다. 그 소설을 읽었을 때의 놀라움을 잊을 수가 없다. 그 작품은 나에게 소설의 영광과 광휘를 깨닫게 했다. 소설을 쓰면서 살고 싶다는 생각을 품게 했다. 그 이후 선생의 소설들을 찾아 읽었다. 내가 읽은 선생의 소설들은 소설의 길로 달려가고 싶은 들끓는 의욕을 불러일으켰고, 동시에 흉내도 내지 못할 그 경지에 대한 절망으로 매번 좌절하게 했다. 나는 의욕과 좌절을 되풀이해서 겪으며 소설을 썼다. 쓰다가 글의 길이 막히면 읽고, 읽다가 길이 보이면 다시 쓰고 하면서 작가가 되었다.

나는 선생의 소설에 빚졌다. 선생이 아니었으면 소설가가 되지 못했을 거라는 말은 그런 뜻에서 하는 말이다.

0

소설쓰기의 영광을 생각하게 한 그 소설, 쓰기에 대한 최초의 충동을 불러일으킨 그 소설은 〈나무 위에서 잠자기〉이다. 생각해보면 소설쓰기에 대한 자극을 그처럼 강렬하게 받은 최초의 경험이 이 소설이라는 건 좀 의아할 수 있다. 왜냐하면 그때까지 훌륭한 문학작품을 전혀 접하지 않았다고 할 수 없기 때문이다. 나는 문고판 도서들을 통해 도스토예프스키나 앙드레 지드, 헤세 같은 유럽 작가들 작품을 읽어왔다. 그런 작가들 작품이 못마땅하거나 양에 차지 않았다고 할 수 없다. 그 작품들이 좋은 문학작품이 주는 감동이나 세계와 인생에 대한 인식의 창을 열어준 것은 사실이다. 실제로 내 세계관의 상당 부분이 그때 읽은 세계문학들에 의해 형성되었다고 해도 과언이 아니다. 그러나 쓰기에 대한 강렬한 충동, 소설가로 살고 싶다는 욕망을 느끼게 한 작품은 없었다.

선생의 소설이 가진 어떤 특별한 인자에 유인되었다고 할 수 있겠는데, 그것의 실체를 일목요연하게 설명하기가 용이하지 않다. 다만 이런 말은 할 수 있을 것 같다. 선생의 소설에서 내가 소설의 영광과 광휘, 소설 쓰는 일의 위대함을 보았다면, 그것은 이야기의 현란함이나 풍부함, 혹은 세계와 인생에 대한 통찰 이상의 어떤 것을 보았기 때문이다. 요컨대 선생의 소설은 이야기의 감동이나 사상의 심오함이 아니라 그것들을 전달하기 위해 동원하고 배치하고 설계하는 작가의 수고에 대해 꽤 많은 생각을 하게 했다. 이야기나 사상이 아니라 그 이야기나 사상이 제대로 실려나가게 하도록 짜내는 서술의 묘미에 의해 소설이 위대해진다는 사실을 막연하게 느낀 것 같다. 가령 보잘것없는 대학 시절의 짐보따리를 찾아내는 것으로 도회지 출신의 아내에게 자기의 과거를 제시하고 자기 존재를 증명하려고 하는, 그러나 그 증명이 불가능하다는 걸 이야기하고 있는 〈나무 위에서 잠자기〉는, 그런 이야기나 관념 때문이 아니라 그런 이야기와 관념을 형상화하는 과정에서 나타나는 작가 특유의 자의식적 글쓰기에 의해 어떤 소설과도 구별되는 고유한 매력을 자아낸다.

내 경험으로 말하자면, 선생의 소설들은 읽으려고 읽을 때가 아니라 쓰려고 읽을 때 가장 잘 읽힌다. 선생의 소설들을 읽고 있으면 쓰라고 격려하는 소리가 들리는 듯하다. 작가가 된 뒤에도 틈나는 대로 선생의 소설을 꺼내 읽으며 내 나태를 다그치고 없는 재주를 짜내고 의욕을 북돋운 것은 그 때문일 것이다.

그 다음은?

0

소설책의 마지막 장을 덮거나 영화의 엔딩 크레디트를 올려다보면서, "그 다음은? 그 다음에는 어떻게 되었는데?" 하고 질문할 때가 있다. 서사물에 대한 올바른 감상법이 아닌 줄 안다. 현실에서 일어나거나 일어날 수 있는 무수하게 많은 사건과 행동과 현상들 가운데 일부를 임의로 취해 작가는 인과 관계를 엮어낸다. 소설이든 영화든 공교한 구성의 과정을 거친 모든 종류의 이야기들은 고유하고 완결된 세계로 받아들여지는 것이 마땅하다. 게다가 소설이나 영화의 마지막에 대고 "그 다음은?" 하고 묻는 것은, 소설이나 영화가 아무리 현실 세계를 반영하고 현실 세계에 대해 의미 있는 발언을 하는 장르라고 해도 기본적으로 허구에 지나지 않는다는 사실을 간과한 것처럼 보일 수 있다. 현실과 허구를 구분 못하는 수준 낮은 독자라는 비난을 받을 가능성이 있다.

그럼에도 변명 삼아 말하자면, 소설이나 영화에 대한 우리의 반응들은 대개 그 이야기 속의 인물이나 사건이 아니라 그 이야기 속의 인물이나 사건이 상기시키는 현실을 향하는 경우가 흔하다. 더러는 그런 의도로 쓰이기도 한다. 우리는 읽거나 보면서 우리가 사는 세상의 모순을 한탄하거나 불의에 분노하거나 자기의 삶을 반성한다. 이야기가 현실에 참여하려는 욕망을 가지고 있는 것이 사실이라면, 소설이나 영화가 말하는 이야기 이후를 향한 궁금증이 그렇게 이상하다고 할 수는 없다.

가령 사랑하는 두 사람이 주변의 반대와 신분의 차이에도 불구하고 우여곡절 끝에 결혼에 성공하면서 끝나는 영화를 생각해보자. 작가는 창작상의 어떤 의도에 의해 행복한 결말에 이르는 데까지만 쓰기로 결정했을 것이다. 결혼 후의 그들의 생활은 보여줄 필요가 없다고 판단해서 그랬을 것이다. 작가의 인식을 유추하고 평가할 수는 있지만 독자나 관객이 소설이나 영화의 결말을 바꿀 수는 없다. 완결되었기 때문이다. 막이 내렸기 때문이다. 소설이나 영화 속 인물의 삶도 바꿀 수 없다. 우리는 작가의 의도를 존중해야 한다.

그런데 이 인물들을 현실로 불러내면 어떨까? 결혼은

그 소설 혹은 영화의 끝이지만 누군가의 인생의 끝은 아니다. 결혼을 했으니 결혼 상태로 사는 생활이 있을 것이다. 그 이후, 그들은 어떻게 살까? 십 년 후에는 어떻게 되어 있을까? 작가가 마침표를 찍은 이야기의 마지막처럼 여전히 행복할까? 그럴 수 있지만 그렇지 않을 수도 있다고 상상하게 하는 것은 우리의 현실 경험이다. 만들어진 이야기는 현실을 간섭하지만, 또 현실에 의해 간섭당하기도 한다.

어떤 시간을 이야기의 마지막으로 삼느냐에 따라 행복한 결말이 되기도 하고 슬픈 결말이 되기도 하는 것이 서사 작품이다. 사람의 삶도 이와 다르지 않다. 전반전에 0:3으로 지고 있다가 후반전에 4:3으로 역전하는 경기를 보았다. 헤어지기 싫어서 결혼한 사람이 몇 년 살지도 않고 헤어지지 못해 괴로워하는 경우는 더 흔하다. 크든 작든 행복한 순간과 그렇지 않은 순간들이 모여서 이루어지는 것이 사람의 삶이다. 온종일 기쁘기만 한 날도 없고 하루 종일 슬프기만 한 날도 없다. 어느 장면을 어떻게 배치하느냐에 따라 해피엔드가 되기도 하고 그 반대가 되기도 한다. 플롯의 문제이다.

문제는 소설이나 영화와는 달리 우리의 삶이 임의적 플롯을 허용하지 않는다는 데 있다. 흐르는 시간의 한 지점을 막고 여기까지가 내 이야기야, 할 수 없다. 그 후의 이야기도 역시 '나'의 것이기 때문이다. 우리는 우리 앞에 어떤 일이 일어날지 모른다. 내가 나오는 이 소설, 이 영화는 내가 쓰는 것 같지만 나 혼자서 쓰는 것이 아니다. 나는 계획하고 의지를 가지고 움직이지만, 내가 아닌 누군가를 상대해야 하고 내가 관여할 수 없는 환경과 제도와 상황을 견뎌야 한다. 알 수 없는 이유와 요인에 의해 계획과 의지를 수정하지 않을 수 없는 경험을 한 사람은 자기 인생을 혼자 쓴다고 주장할 수 없다. 우리는 우리의 결말을 모른다. 그래서 지금 나쁘다고 좌절할 수 없고, 지금 좋다고 으스댈 수 없다. 한순간도 허투루 살 수 없다.

노벨문학상을 받은 페루의 작가 마리오 바르가스 요사는 소설을 지망하는 젊은이를 격려하기 위해 '지금 훌륭한 작가도 한때는 습작생이었다'는 내용의 편지를 썼다. 그의 문장에 이런 말을 덧붙일 수 있다. '지금 훌륭하다는 것이 곧 내일도 훌륭할 거라는 보장은 아니다.'

소설 속에는
소설가가 있다

0

어떤 영화감독이 자기 영화에 출연한 배우에 대한 호감을 표하면서 주어진 배역에 따라 자신을 잘 바꿀 줄 아는 사람이라는 취지의 말을 했던 게 기억난다. 영화에서 요구하는 캐릭터를 잘 표현해낸다는 것. 영화마다 어찌나 변신을 잘하는지 깜짝 놀라게 된다는 것. 아마 영화감독은 자기가 원하는 캐릭터를 만들어내기 용이하니까 그런 배우를 선호할 수도 있을 것 같긴 하다.

나는 그 말을 그 배우에게 자기만의 개성이 없다는 말로 들었다. 개성이 없는 빈 껍데기여서 무엇이든 채워 넣을 수 있다는 말로 들었다. 꼭 칭찬인 것 같지는 않았다. 왜냐하면 영화를 볼 때 스토리 속 인물로부터 강렬한 인상을 받기도 하지만, 그 인물을 연기하는 배우에게 매료되는 경우가 더 많기 때문이다. 아니, 관객의 머리에 남는 캐릭터는 결국 배우에 의해 표현된, 배우가 연기한 캐릭터이지 캐릭터 자체는 아니지 않은가. 그러니까 로렌스 올리비에가 연기한 햄릿과 멜 깁슨이 연기한 햄릿이 다를 수밖에 없다. 나는 〈에쿠우스〉를 연극배우 강태기가 주연한 연극으로 보았다. 삼십 년쯤 전의 일이다. 그 이후 여러 배우가 그 역할을 했지만 나에게 여섯 마리 말의 눈을 찌른 불가사의한 소년 알렌의 캐릭터는 강태기라는 배우와 분리되지 않는다. 강태기를 통하지 않고는 알렌을 떠올릴 수 없다.

소설가들은 어떨까? 쓸 때마다 새로운 소설을 쓰는 소설가가 없지는 않을 것이다. 발표하는 작품마다 문체나 스타일이 달라서 한 작가의 것이라고 믿어지지 않는 작가. 시대와 유행의 변화 속도에 맞춰, 혹은 타깃이 되는 독자에 따라 자기 문학 세계를 바꿔 갈 수 있다면 그것도 꽤 유용한 재능이겠다. 소재가 문체를 결정한다고 말하는 사람이 있는데, 말하자면 그런 작가야말로 주어진 배역에 따라 자기를 바꾸는 데 능한 배우에 비유할 수 있을 것 같다. 그런 소설가의 소설에는, 그런 배우의 영화에 배우는 보이지 않고 그 배우가 연기한 인물만 보이는 것처럼, 소설가는 보이지 않고 그 소설가가 만든 소설만 보일 테니까, 줄거리에만 집중하기를 원하는 독자를 만족시키기에 충분할 것이다.

그런데 영화를 보면서 영화 속 인물이 아니라 그 인물을 연기하는 배우를 보기를, 혹은 그 배우에 의해 표현된 인물을 만나기를 원하는 사람이 있는 것처럼 소설을 읽으면서 소설의 내용만이 아니라 그 소설 속에 스며 있는, 혹은 숨어 있는 작가를 읽기 원하는 독자도 있다. 소설 속에 소설가 자신이 보이는 소설을 쓰는 소설가가 있다. 어떤 소설에는 심지어 소설가만 보인다. 그런 소설가는 오로지 소설가 자신을 보이게 하기 위해(물론 교묘하게, 그래서 한눈에 띄지는 않게) 소설을 쓰는 것 같은 인상을 주기도 한다. 혹은 자기 목소리가 워낙 특별해서 어떻게 해도 자기를 감추지 못하는 것인지도 모른다.

로맹 가리는 그런 소설가 가운데 한 사람이다. 그의 많은 소설들 속에서 나는, 단 한 사람 로맹 가리를 만난다. 그의 주인공들에게 고유한 성격이 없다는 뜻이 아니다. 모모나 로자 아줌마나 모렐이나 솔로몬에게 캐릭터가 없다고 할 수 있겠는가. 그럼에도 불구하고 그 인물들은 세상과 인간에 대해 끊임없이 투덜대고 지적하고 무슨 의견인가를 개진하는 방식으로 적극적으로 텍스트에 끼어드는, 끼어들려고 하는 작가의 목소리를 막지 못한다. 그래서 나는 그가 《자기 앞의 생》을 에밀 아자르라는 이름으로 발표했을 때 그 사실을 간파하지 못

로맹 가리(Romain Gary)

한 그 시대의 프랑스 사람들을 이해할 수 없다.

그는, "내가 지금 아무 설명 없이 '솔로몬 왕'이라고 말했는데, 왜 그랬는지는 앞으로 알게 될 것이다. 한 번에 모든 이야기를 다 할 수는 없잖은가."(《솔로몬 왕의 고뇌》) 하는 식으로 틈만 있으면 문장의 틈을 파고든다. 그는 에밀 아자르와 또 다른 이름 뒤에 숨은 적이 있지만 작품 속에서는 숨는 것을 참지 못한다. 아니, 필명을 쓴 것 역시 실은 숨는 것을 참지 못하는 그의 성격을 역설적으로 드러낸다고 할 것이다.

그런 점이 그의 소설을 한 편의 에세이로 읽게도 하는데, 예컨대 그는 에세이를 잘 쓸 수 있는 능력의 소유자이다. 소설이 '그'의 문장이라면, 에세이는 '나'의 문장이다. 로맹 가리의 소설들은 '나'의 문장으로 쓰였다. '그'의 문장에서는 꾸밈과 구조가 중요하지만 '나'의 문장에서 중요한 것은 진실이다. 즉 내부에 있는 것의 표출이다. 그는, 내가 보기에, 그럴듯한 이야기의 모양을 만들고 꾸미는 데 쓸 시간을 조금 빼서 자기 생각을 피력하는 데 쓴다. 혹은 그러는 척하는지도 모르겠다. 꾸며낸 것은, 꾸며냈기 때문에 반듯하다. 그는 그런 흔적을 겸연쩍어하는 것 같기도 하다. 진실은 질서정연하거나 일목요연하게 표현되기가 쉽지 않다는 걸 잘 알고 있다는 표시이다.

그는 성찰과 사유의 문장 안에 세상에 끼어들려는 자기 욕망을 굳이 감추려고 하지 않는다. 어떤 점에서 그는 어떤 작가보다 욕망이 강한 사람으로 보인다. 욕망이 강한 사람은 만족할 줄 모르고, 만족할 줄 모르기 때문에 욕망한다. 그의 문장이 다정하지 않고, 시니컬하고 우수에 젖어 있는 것처럼 보이는 것은 아마 그 때문일 것이다.

댈러웨이 부인의 런던

0

런던 대학이 있는 레스트 스퀘어 근처의 작은 공원 고든 스퀘어 가든(Gordon Square Garden) 입구에는 '블룸즈버리 그룹'을 소개하는 안내 간판이 서 있다. 거기에는 블룸즈버리 그룹을 1900년대 초반의 작가들과 예술가들과 지식인들의 조직적이지 않은 모임이었다고 소개하고 있다. 버나드 쇼, 포스터, 케인즈, 버지니아 울프 등의 이름이 보인다. 그룹의 중심은 고든 스퀘어 46호의 스테판 가족(화가 바네사, 작가 버지니아, 그리고 그들의 형제인 토비와 아드리안)이었다. 매주 목요일 저녁, 그 집에서 친구들과 함께 토론을 가진 것이 블룸즈버리 그룹의 시작이었다. 스테판 가족의 집인 고든 스퀘어 46호를 비롯해, 41호, 39호, 50호 등에 이들 멤버들이 모여 살았다. 이 건물은 공원

영국 런던 고든 스퀘어 가든의 안내 간판.

바로 앞에 있다.

버지니아 울프와 그 친구들이 산책을 하며 토론을 벌였을 고든 스퀘어 가든의 벤치에는 햇살을 받으며 책을 읽거나 신문을 읽는 사람들이 유난히 많이 보인다. 잔디밭에 둘러앉아 토론을 벌이는 런던 대학의 학생들을 보면서 백 년쯤 전의 블룸즈버리 젊은이들의 모습을 떠올린다. 그들 또한 이들과 마찬가지로 이십대였고, 대부분 케임브리지 대학생들이었다. 개인의 의식을 자극하는 외부 환경에 대해 유난히 민감했던 작가 버지니아 울프도 거기 있었다.

소설 〈댈러웨이 부인〉은 52세가 된 중년의 여자, 클러리서가 저녁 파티를 준비하기 위해 꽃을 사러 가는 장면에서 시작하고 저녁 파티 장면으로 끝난다. 그녀는 꽃을 사기 위해 웨스트민스터 근처의 집에서 나와 본드 스트리트 근처의 꽃가게까지 걸어가고 꽃을 산 다음 집으로 돌아간다. 그 과정에 시골에서 보냈던 열여덟 살 시절이 회상되고, 그녀가 가는 길에서 만나고 스치는 사람들과 거리 풍경이 묘사되고, 외부의 현상들과 인물들에 의해 자극된 사색이 펼쳐진다.

클러리서는 소설의 중심인물이지만, 처음부터 끝까지 그런 것은 아니다. 작가는 중심인물을 수시로 바꿔 가며 소설을 전개해나간다. 이를테면 처음에는 그저 댈러웨이 부인의 시선에 들어온 (배경이나 마찬가지였던) 주변인물이 어느 순간 갑자기 중심인물이 되어 소설을 끌고 가는 식이다. 인도에서 막 귀국한 오십대의 남자, 전쟁에 나갔다가 정신이 상한 젊은이, 그 젊은이의 아내, 지적이지만 경제적 신분을 갖추지 못해 우월감과 피해의식이 뒤섞인 복잡한 내면을 소유한 노처녀 등이 숨 가쁘게 마이크를 넘겨받는다. 이 소설을 읽는 것은 그 인물들의 사소한 움직임에 주목하면서 그들이 바통을 이어받으며 끊임없이 내쏟는 내면의 독백들을 감당하는 일이다. 물론 그들의 목소리를 제대로 구별하며 온전히 감당하기란 생각만큼 쉽지가 않다. 독자는 길을 잃지 않도록 조심해야 한다.

0

—"전 런던을 산책하는 걸 좋아해요." 댈러웨이 부인이 말했다. "정말 시골에서 산책하는 것보다 더 좋아요."

버지니아 울프의 인물들은 런던의 길들을 걷는다. 그의 소설에는 런던 중심부의 길들이 거의 모두 나온다. 지도를 만들 수 있을 정도이다. 댈러웨이 부인은 꽃을 사기 위해 자기 집이 있는 웨스트민스터에서 빅토리아 스트리트, 세인트 제임스 공원, 피카델리를 거쳐 상점들이 즐비한 본드 스트리트로 가고, 그녀의 삼십 년 전의 애인인 피터 월시는 그녀의 집을 나와 빅토리아 스트리트, 마가렛 성당, 화이트홀, 트라팔가 광장, 옥스퍼드와 그레이트 포틀랜드를 거쳐 레전트 공원으로 간다.

그녀는 저녁 파티를 위한 꽃을 사서 돌아오지만 그녀가 다만 꽃을 사기 위해 그 거리를 걸었다고 할 수는 없다. 런던에서 산책하는 걸 좋아해요, 하고 그녀는 말한다. "시골에서 산책하는 것보다 더 좋아요." 물론 사실일 것이다. 런던의 거리들은 산책하기에 좋다. 산책을 하기 위해서는 두리번거릴 건물과 물건과 상점들과 사람 들이 필요하다. 시골에는 없는 것들이다. 당연히 시골에서 산책하는 것보다 런던에서 산책하는 것이 좋다.

그러나 그 때문만이라고 할 수는 없다. 한 페이지가 넘어가기 무섭게 그녀는 인도에서 돌아온다는 피터 월시의 편지에 대해 생각한다. 그가 돌아온다는 날이 6월인지 7월인지 정확히 기억나지 않는데, 그것은 그 편지가 지독히 따분했기 때문이라고 그녀는 말한다. 그 남자는 그날 돌아오게 되어 있다. 정말로 편지가 따분해서 기억하지 못했을 수 있지만 모른 척했을 수도 있다. 그날 돌아오기로 되어 있었던 그가 그녀로 하여금 거리를 걷게 했을까? 그랬을 수 있다.

그러나 그것때문만도 아닐 것이다. 그녀는 길을 걸으면서 끊임없이 외부의 움직임을 의식하고 소리를 감지하며 사색한다. 걷는 것은 사색에 좋다. 걷는 걸 좋아하는 사람은 사색하기를 좋아하는 사람일 가능성이 높다. 걸음이 사색을 유인하기도 하지만, 사색하기 위해 걷기도 한다. 버지니아 울프의 주인공들은 의식이 곧추선 자들이다. 이들이 각기 혼자서 걷는 것은 사색하기 위해 산책을 택하기도 한다는 우리의 가정을 지지하는 것처럼 보인다. 사색을 위해 동행을 필요로 하는 사람은 없다.

런던의 건물과 물건과 사람들은 사색을 방해하지 않는다. 방해가 되는 것은 오히려 산과 바다, 초원과 같은 시골의 압도적인 자연이다. 압도적인 것들은 압도적인 것에 집중하게 함으로써 사람의 의식을 압도한다. 자연 앞에서 자유로울 수 있는 사람이 있는가. 그렇지만 도시의 거리와 물건과 사람들은 압도하는 일 없이 다만 걷는 사람을 툭툭 건드릴 뿐이다.

건드리는 것들은 다만 건드리기만 함으로써 사색의 구실을 제공하고 사색의 힌트를 주고는 물러나버린다. 우리의 의식은 우리를 건드린 건물과 물건과 사람으로부터 받은 힌트를 따라, 그러나 그것들에 얽매이지 않고 자유롭게 유영한다.

버지니아 울프(Virginia Woolf)

그녀가 오십대라는 사실은 어떤가? 그녀는 청춘 시절을 자꾸 돌아본다. 오십대는 그런 나이이다. 미지의 열린 미래를 향해 무한히 설레던 청춘들은 쉰 살이 넘은 지금 안락한 속물이거나 사회적 낙오자이거나 희망 없는 '안주인'이 되어 있다. 그런 점에서 산책은 오십대에 어울린다고 할 수 있다. 돌아볼 시간이 많을수록, 과거의 꿈과 현실 사이의 간격이 넓을수록 산책이 필요하다. 열여덟 살은 뛰는 것이 자연스럽고 쉰 살은 걷는 것이 자연스럽다.

0

피터 월시는? 클러리서의 집을 나와 레전트 공원에 가서 오래 앉아 있지만 그가 레전트 공원에 앉아 있을 목적으로 런던의 거리를 걸어 그곳에 왔다고 할 수는 없다. 사실을 말하면 그는 지금 갈 곳이 없다. 몇 년 만에 인도에서 돌아온 오십 대의 남자가 오자마자 곧바로, 그것도 오전에 찾아간 곳이 삼십 년 전에 알고 지내던, 이제는 마찬가지로 쉰 살이 넘은 여자의 집이라는 건 그의 절실함이 아니라 그의 하릴없음을 시사하는 것처럼 내게는 느껴진다. 1900년대 초의 쉰 살은 2000년대 초의 쉰 살보다 더 늙어 보였을 것이다. 그 나이에 첫사랑의 여자에게 새삼스레 연정을 느끼는 이 사나이는 멋있어 보이기보다 주책맞아 보인다. 삼십 년 전과 전혀 같지 않은 여자 앞에서 영문을 알 수 없는 울음을 터뜨리고 나와 거리를 헤매는 이 사내에게 나는 언짢은 감정을 느낀다. 어쩌면, 내가 쉰 살이 넘었기 때문인지 모른다. 나는 그를 이해할 수 있지만, 이해하지 못하는 듯한 포즈를 취하고 싶어 한다. 그 얼굴은 내 속에 있지만 나는 전혀 다른 종류의 인간을 보는 것처럼 얼굴을 찡그리고 싶어 한다. 이를테면 도중에 우연히 마주친 한 여자를 따라가는 그를 따라가며 나는 얼굴을 찡그린다. 그가 그녀의 뒤를 따라가는 것은 그에게 자기 길이 없기 때문이다. 그녀가 자기를 은밀하게 부른다고 상상하는 것은 여자 뒤를 따라가는 자기의 행동을 자기에게 이해시키기가 쉽지 않기 때문이다. 이제 쉰세 살이나 되고 보니 더는 사람을 필요로 하지 않게 되었다고 고백하지만, 그러나 그 고백은 그에게조차 끔찍하다. 자주 은밀하게 주머니칼을 만지작거리는 이 남자, 주머니칼에 의지하지 않으면 안 될 정도로 한심한 이 남자는 갈 곳이 없다.

0

갈 곳이 없는 것은 그만이 아니다. 전쟁에서 돌아온 불행한 청년 셉티머스 또한 런던 시내를 걷다가 레전트 공원으로 간다. 런던 시내도 레전트 공원도 그가 가기를 원한 곳은 아니다. 그는 어디로 가고 있는가. 전쟁의 상처는 그의 영혼을 황폐하게 만들었다. 그는 죽은 동료의 환영을 보고, 예언자가 되고 계시를 받는다. 그는 산 자이며 죽은 자이고, 신이면서 인간이다. 그는 죽은 자들로부터 메시지를 받고 외친다. 죄악은 없다. 사랑뿐이다. 나무를 베지 말라. 예언자의 메시지 같지만 아무 의미도 없다. 공허하다.

그가 아무 데도 가지 않는 것은 아니다. 그는 한 의사에게서 다른 의사에게로 옮겨간다. 그것이 그의 길이다. 아니, 어떤 의사에게도 그의 길은 열려 있지 않다. 사실은 의사들로부터 달아나는 것이 그의 길이다. 인간 이해가 결여되어 있는 의사들은 그를 짓누르는 것의 상징이다. 그들은 그를 돕지 못한다. 아무도 돕지 못한다. 이 불행한 남자는 블룸즈버리의 하숙집으로 찾아온 의사로부터 달아나기 위해 창문을 열고 몸을 던진다. 치료하는 역할을 하도록 기대된 자가 오히려 죽음으로 몰아넣는 꼴이다. 그가 떨어지면서 한 말은 '너에게 주마!'

였다.

불필요하게 포괄적인 연상 능력 탓인지 모르겠지만, 그녀가 1925년에 쓴 이 소설의 비극적인 장면에서 우리는 어쩔 수 없이 1941년의 버지니아 울프의 투신을 떠올린다. 셉티머스의 광기는 어렸을 때부터 신경쇠약과 우울증에 시달리며 평생을 살아온 그녀의 복잡한 내면을 투사한 것처럼 보인다. 그녀는 너에게 주마, 하고 외치는 대신, '내가 다시 미치고 있다는 것을 느낀다'고 말하고 우즈강에 몸을 던졌다. 그녀는 남편에게 남긴 마지막 편지에 '당신의 인생을 더 이상 망치고 싶지 않다'고 썼다.

0

이 소설의 여러 갈래의 길들은 댈러웨이 부인의 저녁 파티를 향해 있다. 각자의 길에서 따로 독백을 하던 사람들이 한곳에 모여 방백을 하는 듯한 기이한 장면이 마침내 연출된다. 댈러웨이 부인의 이 저녁 파티에는 소설에 이름이 등장한 거의 모든 사람이 참석한다. 저녁 파티 전에 죽은 셉티머스는 죽음의 소식으로 이 파티에 참석한다. 파티의 한복판으로 그의 죽음이 쳐들어오는 격이다. 그의 죽음을 전하는 사람이 그를 짓누르던 의사 가운데 한 명이라는 건 아이러니하지만 꽤 시사적이다. 영혼을 강제하는 자들은 삶을 참을 수 없게 만든다.

늙고 소멸해가는 것들에 대한 쓸쓸한 감상에도 불구하고, 파티의 한복판으로 습격해 들어온 죽음에도 불구하고, 파티는 이어지고 삶은 지속된다. 삼십여 년 전의 열여덟 살은 쉰 살이 되었지만, 그러나 삼십 년 후에 쉰 살이 될 다른 열여덟이 파티에 있다. 심지어 그 속에서 우리는 새로운, 살 이유를 고안하기까지 한다. 주머니칼에 의지하지 않으면 불안해서 어쩔 줄 모르는 쉰두 살의 피터가 특별한 흥분으로 자신을 채우고 있는 것이 무엇인지 궁금해하다가 스스로 찾아낸 답을 보라.

"그것은 클러리서야, 하고 그가 말했다. 왜냐하면 그곳에 그녀가 있었으니까."

그런데 버지니아 울프는, 왜 자신의 마지막 편지에 더 이상 당신의 인생을 망치고 싶지 않다고 썼을까. 그녀는 우리의 삶의 파티 한복판으로 전령처럼 죽음을 들여보내려고 했던 것이 아닐까. 너에게 주마! 하고 외치고 싶은 것을 겨우 참았던 것이 아닐까. 아, 어쩌면 그녀가 정말로 망치고 싶지 않았던 것은 '당신의 인생'이 아니라 자신의 인생이 아니었을까.

세계의 독자를 염두에 두고?

0

세계는 우리에게 외부 환경의 변화에 민감하게 반응하라고 종용하는 것 같다. 과학 기술이 주도하고 자본주의가 실어나르는 오늘날의 변화는 빠르고 과격하다. 속도가 너무 빨라서 따라잡기가 어렵지만 변화를 따르지 않으면 도태되기 때문에 설령 따라잡지는 못하더라도 따라가기라도 해야 하는 것이 현대인의 운명이다. 변화에 민감하게 반응하라는(따라잡지 못하더라도 따라가기라도 하라는) 요구는 전 영역을 망라해서 시달되고 있다. 문학 역시 열외의 대상이 아니다.

산문 문학인 소설을 쓰는 작가에게 이 요구는 여간 부담스러운 것이 아니다. 변화에 즉각적이고 신속하게 대응하려면 민첩함과 순발력이 필요한데, 그러기에는 좀 둔한 장르가 소설이기 때문이다. 한 편의 소설은 그때까지의 그 작가의 삶의 총체라고 흔히 말해지거니와 그 삶의 총체라고 하는 것이 쉽고 빠르게 거둬들이거나 원하는 어떤 시점에 임의적으로 빼내 쓸 수 있는 것이 아니다. 심지어 습작기 때 읽은 독서 목록이 그 사람의 문학 세계를 결정한다는 말이 있고 보면 외부의 변화에 민감하게 반응하라는 것이 얼마나 어려운 요구인지 짐작할 수 있다.

이런 사정을 전제하면 경계를 허물거나 약화시키고 거리를 무화시키거나 단축시킴으로써 세계를 하나의 단위로 만들어내는 이른바 세계화의 흐름이 문학과 작가에게 가하는 부담이 어떠한지 짐작하고도 남음이 있다. 오늘날의 세계와 시대가 한국문학과 한국 작가에게 요구하는, 혹은 오늘날의 한국문학이 한국의 작가에게 요구하는 큰 명제 중의 하나는 '더 큰 콘텍스트 속에서 문학하라'는 것이다. 나는 이 요구의 구체적인 내용에 대해, 이를테면 그 요구가 무엇으로 이루어져 있는지, 어떤 배경과 원인을 가지고 있으며 누구에 의해 발설되는지, 그리고 어떻게 하라는 것인지에 대해 알찬 이야기를 할 만한 사람이 아니다. 그러므로 나는 한국이라는 작은 나라에서 한국어로 글을 쓰는 한 작가의 입장에서 전 지구적으로 진행되는 이른바 세계화가 한국문학과 작가들(이라기보다 내 자신)에게 요구하는, 요구한다고 생각되는 몇 가지 사실들에 대해 지극히 주관적이고 단편적인 견해를 털어놓으려고 한다.

0

세계화 시대의 작가라면 세계의 독자를 염두에 두고 글을 써야 한다는 주장이 큰 텍스트 속에서 문학하라는 말의 주석으로 제시되곤 한다. 한국문학의 지방적 성격을 극복하고 세계인들의 공감을 얻기 위한 방안을 이야기할 때 자주 등장하는 이 문장은 창작자의 각오로 나오기도 하고 응원석의 주문으로 제시되기도 한다. 이것은 한국문학이 세계의 독자들에게 다가가지 못하고 있다는 현실을 전제하면서, (아마 그 진단은 맞을 것이다) 그 까닭을 성격 때문이든 수준 때문이든, 한국문학 속에 세계가 읽을 만한 내용이 담겨 있지 않기 때문이라고 분석하고 있는 것처럼 보인다. 한국문학에 세계인이 읽을 만한 내용이 담겨 있지 않다면, 그 이유는 두말할 것 없이 한국의 작가가 세계인이 읽을 만한 작품을 쓰지 않았기 때문이다. 그러니까 이제부터라도 세계의 독자를 염두에 두고 세계의 독자가 읽을 만한 작품을 써야 한다고 요구 또는 응원하는 것이고, 그런 작품을 쓰겠다고 각오하는 것이겠다. 한국문학이 세계문학의 변방에 있는 이유를 작가에게서만 찾으려고 하는 이런 견해에 전적으로 동의하지는 않지만, 변방에서 벗어나기 위한 묘책인 양 제시되는 '세계의 독자를 염두에 둔 글쓰기'에 대해서도 선뜻 고개가 끄덕여지지 않는다.

0

세계의 독자라니! 이처럼 크고 애매한 단어가 있는가? 세계가 무엇인지 말하는 것은 독자가 누구인지 말하는 것만큼 어렵다. 세계의 독자를 염두에 둔 작품을 써야 한다고 말할 때 우리는 우리가 그 일부로 속해 있는 세계와 세계의 독자를 대상화함으로써 우리 스스로를 세계에서 소외시키고 있다. 이를테면 '세계로 가기 위해' 한국문학이 어떠어떠해야 한다는 말을 하는데, 세계에 소속해 있으면서 세계로 간다고 말할 수는 없다. 목적지로서의 세계는 밖에 있다. 그렇다면 우리가 가고 있거나 가려고 하는 세계는 우리가 포함되어 있는 세계가 아니라 우리 밖의 타자, 일종의 환유로서의 세계일 것이다.

한국문학이 세계의 독자를 염두에 두고 글을 써야 한다고 세계와 맞설 때 이 환유로서의 '세계'는 세계, 혹은 세계문학의 중심부를 지목하는 것으로 인식된다. 이때 세계, 혹은 세계문학의 중심부에 대해 의식하는 주체는, 지리적으로든 문학의 영향력이라는 관점에서든, 극동 아시아의 한구석에 위치한 아주 작은 나라인 대한민국의 문학이고 작가이다. 그러면 이 작은 주체가 의식하는 큰 대상인 '세계'는? 이 질문의 답은 너무 뻔하다. 오래전부터 보편을 점유해온 것으로 우리가 무의식 중에 인정하고 있는 서양(유럽과 미국)을 은연중에 지칭하고 있는 것이 아닌가.

유럽이나 미국으로 진출해야 한다고 좀 더 솔직하게 말하는 목소리도 있고, 좀 더 노골적으로 노벨문학상 수상을 한국문학의 세계화와 연결시켜 발언하는 목소리도 있다. 나는 꼭 그렇게 생각하지는 않는다. 유럽이나 미국으로 진출하는 것이 옳지 않다거나 그럴 필요가 없다는 것이 아니라 그렇게 하는 것이 한국문학을 세계적 수준(그것이 무엇인지, 그 수준을 누가 정하는지 알 수 없지만)으로 올리는 길이라는 생각에 동의하지 않는다는 뜻이다. 한국 작가의 노벨문학상 수상이 의미 없다거나 불가능하다는 것이 아니라 그것이 한국문학을 세계화 시키는 길이라는 생각에 동의하지 않는다는 뜻이다. 노벨문학상은 그저 규모가 조금 큰, 다른 상과 마찬가지로 그 나름의 고유한 작동 메커니즘을 가진, 수없이 많은 문학상 가운데 하나의 문학상에 지나지 않는다고 하면 너무 단순한 생각일까.

한국문학을 사유할 때 우리의 의식 속에 인정의 주체로서의 '세계'가 유럽과 미국으로 상정되어 있다는 것이 문제이다. 그들은 인정하는 자이고 그들을 제외한, 우리가 포함된 나머지는 그들로부터 인정받아야 하는 자가 되어 있다. 세계로부터 인정받기 위해 어떻게 해야 하는지에 대한 논의와 주장들이 여러 분야에서 꽤 진행되고 있는 것으로 알고 있다. 가령 국민문학의 테두리에서 벗어나야 한다든가, 보편성을 담보한 문학이어야 한다든가, 번역에 견딜 수 있는 작품을 써야 한다든가, 한국문학이 하나의 장르가 되어야 한다든가, 구체적인 실천 방안으로서 질 좋은 번역가를 양성해야 한다든가 하는 것이 그런 예이다. 심지어 작품의 무대를 외국으로 옮기고 이국적(서양적) 정서를 담아내는 것이 효과적인 문학의 세계화 방안인 것처럼 소개된 적도 있었다.

번역가 양성은 조금 다른 문제지만, 이런 방안들의 바탕에는 지금까지의 한국문학은 미흡하거나 합당하지 않기 때문에 다른(더 나은) 문학을 해야 한다는 생각이 깔려 있는 것처럼 보인다. 왜 미흡하고 왜 합당하지 않은지도 말해지는데, 그 기준은 당연히 '세계'를 점유한 서구의 문학이다. 문학이론은 물론 역사나 세계관이나 창작 방법론을 포함한 서구의 문학적 기호(嗜好)들이 유일한 기준이 되고, 그 기준에 맞춰 쓰고 읽고 비평하도록 종용하는 목소리는 너무 커서 듣지 않으려고 해도 듣지 않을 수 없다. 타자의 시선에 따라 자기를 타자화함으로써 세계의 인정을 받으라는 요구 역시 마찬가지다.

0

한식 세계화의 방법에 대한 논의 가운데 흥미로운 것이 있었는데, 한국 음식을 현지인들의 입맛에 맞게 퓨전화하는 것보다 그들의 입맛이 한국 음식에 익숙해지도록 하는 것이, 긴 안목으로 보면 효과적이라는 내용이었다. 음식과 문학이 다른 영역이긴 하지만, 햄버거와 소시지에 의해 우리 입맛이 서구화된 것이나 세계문학전집과 학교 교육을 통해 우리 문학의 입맛이 서구화된 것을 생각하면 참조할 가치가 전혀 없지는 않은 것 같다.

문학의 영역에서 '글로벌 스탠다드'라는 용어를 쓰는 것이 적합하지 않다면 특정한 기호에 의해 이루어지는 '인정'의 시스템 역시 적합하지 않다. 문학에서 '표준'이라는 것은 평범이나 상식처럼 모욕적인 용어이기 때문이다.

영토가 사라지고 경계가 무너짐으로써 문학이 글로벌 스탠다드로 통합되는 것이 아니라 스탠다드나 표준과 상관없이, 아니, 스탠다드나 표준 없이, 각각의 개성을 가진 다양한 문학들이 느슨해지고 무너진 경계를 넘어 세계 이곳저곳을 자유롭게 활보하는 그림을 그려본다. '모든 강물은 다 바다로 흐르되 바다를 채우지 못하며 어느 곳으로 흐르든지 그리로 연하여 흐른다'는 문장이 전도서에 나온다. 문학이라는 바다는 결코 다 채울 수 없는 큰 바다이다. 그 바다를 향해 무수히 많은, 각각의 개성을 가진 이런저런 문학의 강들이 흐르는 것이 마땅하다. 하나의 큰 강으로는 이 거대한 바다를 결코 다 채울 수 없다.

0

독자가 누구인지 말하는 것 역시 세계가 무엇인지 말하는 것만큼 어렵다. 세계화 시대를 사는 작가는 왜 세계의 '독자'를 염두에 두고 글을 써야 하는 것일까. 세계의 '독자'를 염두에 두고 글을 쓴다는 것은 어떻게 쓴다는 것일까. 이 질문은 세계의 변화에 민감해야 한다는 현실적 요구에 대한 의문과 반문을 내포한다. 예컨대 이 요구가 문학 내부의 자발적인 목소리인가, 아니면 시장의 목소리인가, 의심해보아야 한다는 것이다.

세계의 독자를 염두에 두어야 한다는 말 속에 독자의 양적 확대에 대한 기대가 내포되어 있다는 것을 부인하기 어렵다. 양적 확대는 기본적으로 시장의 영역에서 강조되고 의미가 부여되는 개념이다. 가치 평가의 유일한 기준이 판매량과 이윤인 곳이 시장이다. 세계화 속의 세계는, 지지자들이 내세우는 슬로건과는 달리, 중심과 주변의 경계가 사라지고 다양성과 차이가 존중되며 각자의 개성이 발휘되는 만화경이 아니라 단 하나의 시장 논리가 전 영역을 지배하고 관리하며 통솔하는 전체주의적 단일체제라고 할 수 있다.

문학이 시장으로부터 자유로웠던 적은 없지만 오늘처럼 시장의 영향력이 압도적이었던 적도 없었다. 시장은 거대한 자본과 전 지구적 유통망을 통해 세계의 독자를 거느린 전

지구적 베스트셀러들을 탄생시킨다. 세계의 독자를 염두에 둔다는 말이 어디서 비롯했고 무엇을 지향하는지 짐작할 만한 대목이다. 근본적으로 문학적 고뇌의 산물이 아니라 상업적 전략의 표출인 것이다.

특정한 문학적 기호를 표준화하는 것도 바람직하지 않지만 시장의 요구와 시장의 관리를 문학적으로 내면화 시키는 것은 더 바람직하지 않다. 이를테면 베스트셀러에 부여되는 문학적 인증 같은 것을 문제삼을 수 있다.

세계를 지배하는 유일한 원리로서의 시장 논리는 대중문학과 본격문학의 구분을 흩뜨리는 식으로 문학에 간섭한다. 시장의 논리(혹은 욕망)에 의하면 좋은 문학이나 나쁜 문학, 고상한 문학이나 통속문학, 순수문학이나 참여문학과 같은 구분이 있을 수 없고 오직 독자들의 사랑을 많이 받은(많이 팔린) 문학과 그렇지 않은 문학이 있을 뿐이다. 문학에 대한 열정이나 자부심의 가치는 절하될 것이다. 문학에 대한 열정이나 자부심에 대한 표현은 시장에서 많이 팔리는 책의 저자에게만 가치 있는 것으로 받아들여질 것이다. 시장의 선택을 받지 못한 책의 저자가 문학에 대한 열정이나 자부심을 언급할 기회는 주어지지 않을 것이다. 기회가 주어져 발언한다고 해도 희귀한 존재나 웃음거리 취급을 받을 것이다. 머지않아 그렇게 될 것이다. 열정과 자부심은 시장의 가치로 환원되지 않기 때문이다. 대중문학이나 통속문학이라는 용어는 불편하기 때문에 사용하지 않을 것이고, 아마 곧 사라질 것이다. 이 현상은 거대 자본을 가진 대형 출판사가 주도하고 대형 출판사의 관리 대상인 작가들이 이에 동조함으로써, 혹은 출판사가 이에 동조하는 작가들을 활용함으로써 빠른 속도로 확산될 것이다.

0

대중문학과 본격문학의 구분을 없앤 것은 시장이다. 그것은 그 구분이 무의미하기도 하고 성가시기도 하기 때문이다. 무의미한 것은 많이 팔리는 작품과 그렇지 않은 작품 말고 다른 것에는 관심을 가질 필요가 없기 때문이고, 성가신 것은 많이 팔리는 작품을 만드는 데 그런 구분이 방해가 되기 때문이다. 시장은 대중문학으로 분류(낙인?)됨으로써 무시받고 천대받는 것은 독자의 수를 늘리는 데 도움이 되지 않는다고 생각하므로 대중문학이라는 용어를 쓰지 않으려고 한다. 본격문학이라는 용어를 쓰지 않으려고 하는 데에도 같은 동기가 작용한다. 예컨대 본격문학이라는 낙인이 찍혀서는 독자들의 주목을 받을 수 없다고 생각하는 것이다. 애초에 문학의 장에서 논의되고 비평되지 않았던 대중문학 작품(과 유사한 작품)을 문학의 장으로 끌어올려 논의하고 비평하는 기술도 놀랍지만 애초에 시장의 간섭 밖에 있던 본격문학 작품(과 유사한 작품)을 시장 안에 흡수하여 상품으로 요리해내는 시장의 기술은 더 놀랍다고 할 수 있다. 한쪽에서는 상업적 코드의 작품들에 대한 문학적 인증들이 이루어지고 다른 쪽에서는 문학적 코드의 작품들에 대한 상업적 포장들이 활발히 이루어진다. 상업 작품에는 문학적 인증을 받아내고 문학작품은 상업적으로 포장해 자신의 간섭과 관리 아래 둠으로써 시장은 유일한 지배자가 되고 있다. 우리는 지금 대중문학 작품을 문학으로, 본격문학 작품을 상품으로 만들어내는 시장의 이른바 쌍방향식 연금술을 목도하고 있는 셈이다.

0

헤게모니를 가진 특정한 문학적 기호가 세계문학의 표준이 되고 거의 유일한 지배 원리인 무소불위의 시장이 문학을 기획해내는 현실을 의심과 불만이 가득한 시선으로 바라보면서 나는 묻는다. 세계의 독자를 염두에 두고 글을 쓰라는 것이 기만적인 요구라면, 그럼 어떻게 하겠다는 것인가? 무슨 방법이 있는가?

어떤 종말론자들의 삶의 태도와 관련해서 인상적인 것은 곧 닥칠 종말을 대비하기 위해 현재의 삶을 포기하거나 이제까지와 다른 삶을 사는 것이 아니라 이제까지 살아온 대로 계속 사는 것이다. 곧 종말이 올 거라는 인식을 지닌 채 살던

곳에서 계속 살고 하던 일을 계속하는 것이다. 종말이 이르렀다는 것을 안다. 그러므로 다르게 사는 것이 아니라 살던 대로 산다. 종말이 이르렀다는 것을 의식한 채 그대로 산다. 종말 의식을 가지고 사는 사람의 삶의 모습이 다른 사람이나 이전의 그의 모습과 다르지 않다고 해서 그가 다른 사람이나 이전의 그의 모습과 다르지 않다고 할 수 없다. 똑같이 보이지만 그는 이미 다른 삶을 살고 있는 것이다.

나는 이런 종말론자들의 삶의 태도를 하나의 모델로 상정할 수 있다고 생각하는데, 세계의 변화에 신속하고 민첩하게 반응하여 자기 문학을 순발력 있게 바꿔 나가는 것이 아니라 세계의 변화에 대한 철저한 인식을 내면화한 채 이제까지와 같이 자기 문학을 계속해나가는 것이다. 그럴 때 이 작가의 작품이 이전의 작품과 달라 보이지 않을지라도 그는 다른 문학을 하고 있는 것이다.

세계의 변화에 민첩하게 반응하여 문학을 바꿔 간다는 것이 어떤 사람에게는 가능하고 쉬운지 모르겠지만 대개는 어렵고 불가능한데, 그 이유는 문자 매체가 워낙 순발력이 없기 때문이고, 그에 비해 세계의 변화는 너무나 빠르고 신속하기 때문이다. 허겁지겁 따라갈 수는 있지만 허겁지겁 따라가면 또 민첩한 세상은 저만치 달아나서 다른 모습을 보일 것이다. 문학에게 요구되는 것은 허겁지겁 세상을 따라가는 어차피 불가능한 일을 하는 것이 아니다. 문학의 위기를 말한다면, 그것은 세계의 변화 때문이 아니라 세계의 변화를 감시하고 비판하고 도전하기 위해 깨어 있어야 할 문학이 오히려 세계에 흡수되고 세계의 변화를 추종하는 것으로 살아남으려고 하기 때문일 것이다.

세계의 변화에 대한 철저한 인식을 가지고 꿋꿋하게 자기 문학을 한다고 해서 세계에 어떤 영향을 미칠 거라고 기대할 수는 없다. 그것은 종말의식을 지닌 채 자기 삶을 꿋꿋하게 사는 사람이 세계에 어떤 영향을 미칠 거라고 기대할 수 없는 것과 같다. 그렇다고 의미가 전혀 없는 것은 아니다. 문학은 기대하지 않은 채로 기대된다. 기본적으로 문학은 세계에 영향을 끼치려는 욕망으로부터 거리를 두고 있으며, 그와 같은 초연함을 통해 문학적 방식으로 영향을 끼친다. 말하자면 무엇을 함으로써가 아니라 '있음'으로써 세계를 유지시키고 의미있게 하는 그런 존재가 문학이다.

문학이 소통되고 공감되는 지점을 생각해보자. 때때로 나는 한국의 어떤 동시대 작가의 작품보다 유럽의 어떤 작가의 작품에 더 친밀감을 느끼고 더 잘 이해한다고 생각할 때가 있다. 그 작가가 작품을 쓸 때 사용한 언어를 전혀 모르고 살고 있는 시대가 같지 않은데도 그렇다. 이것을 어떻게 해석해야 할까. 이해와 소통을 위해 중요한 것은 언어와 시대이다. 같은 말을 쓰고 같은 시대를 사는 사람은 서로를 더 잘 이해하고 더 잘 소통한다. 그러나 생각해보면 항상 그런 것 같지는 않다. 이해를 위한 통로는 언어나 동시대 감각의 일치만은 아니고, 마찬가지로 이해를 가로막는 장애물이 언어나 동시대 감각의 불일치만도 아니다. 물론 번역을 통하지 않고는 전달이 되지 않으므로 번역의 중요성은 문학의 세계화와 소통을 이야기할 때 빼놓을 수 없는 주제이지만, 그러나 참된 소통과 공감은 미상불 언어의 번역을 통해서가 아니라, 번역될 필요가 없거나 번역될 수 없는 어떤 인자를 통해 이루어진다. 그것을 기억이라고 하든 세계관이라고 하든 심지어 유전자라고 하든 그런 것이 문학적 만남을 이끌어낸다고 나는 믿는다. 그리고 작가는 그런 만남에 대한 기대와 그런 만남을 통한 영향 말고는 갖지 않는 자라고 생각한다.

이런 생각 때문에 세계의 독자를 향해 한국문학의 고유한 개성이나 집단적 정체성을 보여주어야 한다는 식의 주장에 대해서도 선뜻 고개를 끄덕이기 힘들다. 한국문학의 고유한 개성이나 정체성이 무엇인지, 문학이 어떤 집단적 정체성을 가져야 하는지에 대해 말할 수 있는 사람이 있겠지만 나는 아니다. 사실 나는 카프카가 독일 작가인지 체코 작가인지 관심이 없고, 독일이나 체코 문학의 집단적 정체성과 카프카 문학의 연관성 같은 것에 대해서도 거의 생각하지 않고 책을 읽는다. 카프카는 특정한 집단의 문학적 정체성과 함께 나에게 다가오고 읽히는 것이 아니라 카프카 자체로 다가오고(혹은 다가오지 않고), 읽힌다(혹은 읽히지 않는다).

0

요동치는 세계의 변화와 상관없이, 혹은 그 때문에 더욱 자기 문학을 해야 한다. 나는 이것이 용기를 필요로 하는 일이라고 생각하지 않는다. 필요한 것은 용기가 아니라 욕망의 억제, 세상과의 거리두기, 일종의 초연함일 것이다. 하기야 모든 것을 흡수해버린 시장의 한복판에 살면서 이런 것을 지킨다는 것이 용기 없이 가능한 일 같지는 않다.

번역되지 않는 것들

언어와 소통에 대해 생각하면 떠오르는 재미있는 이야기가 하나 있다. 나폴레옹이 군대를 이끌고 알프스를 넘을 때 일이다. 춥고 허기지고 지쳐 쓰러진 병사들을 향해 나폴레옹이 외쳤다. "돌격 앞으로!" 그러나 아무도 움직이지 않았다. 이유가 무엇일까? 난센스 문제이다. 그러니까 병사들이 너무 춥고 배고프고 지쳐서 움직일 힘이 없었을 거라는 식의 진지한 대답을 하면 안 된다. 나폴레옹의 병사들이 '돌격 앞으로!'라는 한국말을 알아듣지 못했기 때문이라는 것이 답이다. 모든 난센스 문제의 답이 그렇듯 이 대답 역시 단순하고 어이없지만 의미심장한 데가 있다.

중국이나 일본에 비해 우리 문학작품의 수준이 떨어진

다고 생각하는 사람은 별로 없다. 그런데도 외국에서 우리 문학의 인지도가 상대적으로 낮은 것은 번역 작업이 그만큼 덜 이루어졌기 때문이라고 말해진다. 실제로 몇 해 전 파리의 한 대형 서점에서 나는 우리 작가들의 책이 책장 한 칸의 4분의 1도 채우지 못한 채 여러 다른 아시아 국가들의 책과 함께 꽂혀 있는 것을 보았는데, 그 장면은 여러 칸의 책장을 차지하고 있는 일본, 중국 소설과 비교되어 마음을 심란하게 했다. 우리나라 모든 작가들의 책을 합한 것보다 일본의 한 작가의 책이 더 많았다. 몇 해 지난 지금이라고 사정이 크게 달라지지는 않았을 것이다.

그런데 그렇게 번역된 책들은 외국의 독자들에게 잘 이해되고 제대로 소통되는 것일까? 어떤 것은 그렇고 어떤 것은 그렇지 않다. 번역을 통해 말이 같아졌기 때문에 무조건 이해되고 소통된다는 법은 없다. 물론 번역은 필요하고 중요하지만, 그것이 이해와 소통의 전부는 아니라는 생각을 하게 된다. 우리가 이해하지 못하거나 소통하지 못하는 이유가 단지 언어가 다르기 때문이라고, 언어가 다르기 때문에 어쩔 수 없는 것이라고 단정하기에는 어딘가 자연스럽지 않은 것 같다.

'이해'를 위한 통로는 언어만이 아니고, 마찬가지로 '이해'를 가로막는 장애물 역시 언어만은 아니다. 이를테면 비슷한 경험이나 기억, 종교, 가치관과 세계관 같은 것을 생각해볼 수 있다. 심지어 유전자가 중요한 역할을 할 수도 있다. 사용하는 언어와 상관없이 경험이 비슷하거나 기억이 같거나 동일한 종교를 가지고 있거나 세계관이 유사하거나 심지어 유전자가 같다면, 그를 훨씬 더 잘 이해하게 될 것이다. 가난을 경험한 사람은 가난에 대해 말하는 소설을 금방 받아들인다. 선의 세계를 알고 있는 사람은 구도 소설에 대한 공감이 빠르다.

물론 번역을 전제해야 한다. 말이 통하지 않고서야 경험과 기억, 세계관의 공유를 어떻게 확인할 수 있겠는가. 그러나 참된 이해와 공감은 번역된 문장에서 읽어낸, 굳이 번역될 필요가 없는 기억이나 경험, 세계관 같은 요소를 통해서라는 사실을 아는 것이 중요하다. 번역은 필수이지만, 그 과정에서 고려하지 않으면 안 되는 것이 번역할 필요가 없는 공감의 요소이다.

0

"이 세상에는 수많은 종류의 말소리가 있습니다. 그러나 뜻이 없는 소리는 하나도 없습니다. 내가 그 말소리의 뜻을 알지 못하면, 나는 그 말하는 이에게 외국인이 되고, 그도 나에게 외국인이 될 것입니다." (고린도전서, 14장 10절~11절)

초기 기독교 공동체의 방언 사용에 대해 말하면서 바울이 한 말이다. 국적이 아니라 말의 문제이다. 알아들을 수 없는 말을 하는 사람은 알 수 없는 사람이다. 다른 말을 하는 사람은 다른 사람이다. 알아들을 수 없는 말, 다른 말을 하는 것이 사람을 소외시키는 방법이다. 외국어는 우리를 소외시킨다.

소비자를 가장한 독자

0

소설이 마음에 들지 않는다고 끈질기게 환불을 요청하는 유별난 독자에게 시달리는 소설가 이야기를 쓴 사람은 조성기이다. 그는 소설가들에게 가해지는 외부의 위협을 꽤 사실적으로 그린 소설 〈우리 시대의 소설가〉로 1991년 이상문학상을 받았다. 소설가에게 환불을 요구하는 독자는 소설책도 엄연히 하나의 상품으로 경제구조 속에서 유통되고 있으므로 소비자의 권리를 주장할 수 있다는 입장이고, 이에 대해 소설가는 창작물이 전자제품 같은 공산품과 다르기 때문에 불량상품으로 판정할 기준이 없다고 버틴다.

소설은 환불 대상이 되는가, 하는 의문 속에는 소설이 상품인가, 하는 질문이 들어 있다. 상품에 흠이 있거나 어떤 이

《우리 시대의 소설가》
(1991 이상문학상 수상작품집),
조성기 외, 문학사상사, 1991년.

유로 소비자가 만족하지 못할 때 환불을 요청하는 것은 보장되어 있는 소비자의 권리이다. 소설도 시장에서 유통되기 때문에 상품이라고 할 수 있고, 그러므로 환불을 요청할 수 있지만, 엄격히 말하면 유통되는 것은 소설이 아니라 (소설이 담겨 있는) 책이기 때문에, 소설은 상품이 아니라고 할 수 있고, 그러므로 환불의 대상이 되지 않는다고 할 수도 있다.

소설책은 시장에서 상품으로 유통되므로 인쇄가 잘못되었거나 파본이 있을 경우, 그러니까 불량품인 경우 마땅히 환불해야 하지만, 그러나 소설은 상품이 아니므로, 문학적 가치나 수준을 문제삼아 비판할 수는 있어도, 불량품이라는 규정은 불가능하고, 그러므로 환불 대상이라고 할 수 없다. 소설책의 정가를 매길 때의 기준이 종이 값, 인쇄비, 인건비 등이므로 책은 상품이 맞지만, 바로 그 이유, 즉 정가를 매길 때의 기준이 종이 값, 인쇄비, 인건비 등일 뿐이므로, 즉 그 소설책을 만들 때 들어가는 물리적 비용만을 따질 뿐 소설 작품의 내적 가치를 염두에 두지 않으므로 소설은 상품일 수가 없다는 주장이 맞선다. 상품으로서의 책은 불량–우량의 판단 대상이지만, 창작물인 소설은 비평의 대상이라는 주장의 근거도 같다.

0

소설이 상품인가,라는 질문 속에 도사리고 있는, 보다 심각한 문제는, 소설가가 상품 생산자인가, 이다. 소설이 시장에서 유통되는 상품이라면 소설가는 상품을 만든 생산자가 될 것이고, 그 소설을 읽은 독자는 소비자가 될 것이다. 상품인 책을 가운데 놓고 생산자와 소비자가 마주 본다면, 창작물인 소설을 가운데 놓고 소설가와 독자가 마주 본다. 환불은 소비자의 권리이지 독자의 권리가 아니다. 독자에게 주어진 권리는 비평이지 환불이 아니다. 소비자는 불만스러운 제품을 만든 생산자에게 환불을 요구할 권리가 있고, 불만스러운 제품을 만든 생산자는 소비자에게 환불해줄 의무가 있다. 그러나 독자는 불만스러운 소설을 창작한 작가에게, 그가 읽은 것이 제품이 아니므로, 환불을 요구할 권리가 없고, 불만스러운 소설을 창작한 작가는 환불해줄 의무를 지지 않는다.

그렇지만 이런 식의 구별이 편의적이고 실제적이지 않다는 문제를 지적하지 않을 수 없다. 예컨대 현실 속에서 독자와 소비자는 같은 사람이고, 스스로 독자이면서 동시에 소비자로 자기를 인식하고 자처한다. 이 독자-소비자가 읽고 있는 것은 소설-책이다. 상품인 이 책은 독자가 읽은 소설 없이는 만들어질 수 없었을 것이니 소설과 책은 분리되지 않는다. 독자–소비자의 인식 속에서 소설과 소설책은 선명하게 구분되지 않는다. 독자–소비자는 스스로를 독자인지 소비자인지 규정하지 않을 뿐 아니라 자기가 읽고 있는 것이 소설인지 소설책인지도 구별하지 않는다.

0

〈우리 시대의 소설가〉의 소설가를 괴롭히는 인물은 그의 소설을 읽은 독자임을 앞세우면서 책 소비자의 권리를 주장한다. 이 사람이 문제삼는 것은 잘못된 인쇄나 파본(즉 제품의 불량)이 아니라 소설(창작품)의 내용(즉 질)이다. 제품의 불량이 아니라 창작품의 내용을 문제삼아 소비자의 권리를 주장하므로 그의 요구는 당착이다. 창작품의 내용을 문제삼는 이는 독자이어야 하지 소비자여서는 안 되고, 독자가 취할 수 있는 문제제기의 방식은 비평이지 환불이 아니기 때문이다.

이 뒤섞임은 비자발적이고 무의식적이어서, 즉 자의성이 전혀 없어서 비난하기가 어렵다. 금융, 교육, 의료를 포함한 거의 전 영역의 인간 활동을 소비행위로 취급하는 고도의 자본주의 소비사회가 이뤄낸 기만적 현상이다. 소비행위가 아닌 것이 없고 소비자 아닌 사람이 없는 시대를 우리는 살고 있다. 학생도 소비자고 환자도 소비자인 세계에서 학생의 위치나 환자의 신분은 소비자의 위치나 신분과 비자발적으로 뒤섞여 구별되지 않는다. 독자 역시 소비자와 구별되지 않는다.

이 소설의 주인공인 소설가가 이 독자-소비자의 요구에 적절하게 대응하지 못하는 것은 이 당착적인 현상을 제대로 받아들이지 못하기 때문으로 보인다. 소설가는 독자-소비자와는 달리 소설가-생산자로 자기를 정립하지 못한 상태에 있다. 이 독자는 독자이면서 소비자이기도 하다는 사실을 항의를 통해 토로하지만, 이 소설가는 아직 생산자의 이름을 수용하는 걸 꺼려한다. 그는 독자의 비평에 대해서는 대응하거나 대응하지 않을 준비가 되어 있지만, 독자를 내세우는 소비자의 환불요구에 대해서는 대응할 준비가 전혀 되어 있지 않다. 이 소설의 독자-소비자가 환불 요구의 이유로 제시한 것이 소비재로서의 책에 대한 것이 아니라 창작물로서의 소설에 대한 것이어서 소설가는 대응할 수단을 찾지 못하고 우물쭈물 물러난다.

이 독자-소비자는 소설가를 향해 작가정신의 결여, 창작자로서의 철저하지 않은 의식과 비겁한 타협 같은 것을 나무란다. 이 장면은 역설적인데, 소비자의 권리인 환불을 요구하는 근거로 삼은 것이 상품의 하자가 아니라 작품 창작자인 소설가의 흐릿한 세계관과 안이한 창작 태도이기 때문이다. 말하자면 이 소비자가 만족하지 못한 것은 소비재인 상품의 효능이 아니라 창작품의 완성도인 것이다. 이 독자-소비자는 창작자여야 하는 소설가가 상품 생산자처럼 시장의 눈치를 보고 있는 것을 눈치 챘으며, 그것을 못 견뎌한다는 뜻을 분명히 밝힌다. 소설가는, 뜻밖에도 이 독자-소비자로부터 상품을 제작하지 말고 작품을 창작하라는 독려를 받고 있는 셈이다. 이 독자-소비자가 못 견뎌한 것은 생산자의 무능이 아니라 소설가의 타락이라는 말이 아닌가. 부당하게 소설가를 괴롭히고 위협하는 존재라는 이 인물에 대한 초반의 생각이 오해로 드러나는 장면이다. 그런 점에서 이 독자-소비자는 외부에 실재한다기보다 소설가가 자기 내부에 창조해둔 일종의 검열관, 혹은 초자아와 같은 존재로 이해할 수도 있다.

0

1991년에 쓰인 소설의 이 독자-소비자는 지금 돌이켜 보면 순진하기 짝이 없는 문학적 인물처럼 보인다. 이 사람의 소설가에 대한 간섭이 소비자를 가장한 독자의 요구라는 것이 의심할 수 없는 사실로 드러나 있기 때문이다. 이 독자가 소비자를 가장해서 원하고 있는 것이 상품이 아니라 창작물로서의 문학적 가치가 아닌가. 소비자를 가장해서라도 소설가와 소설을 지키려는 이런 적극적인 독자를 우리는 가지고 있는 것일까.

독자가 책을 읽는 자라는 정의에 포함되어 있는 것은

책을 읽는 의무의 수행이다. 책을 읽어야만, 읽을 때만 독자이다. 독자가 된다는 것은 책을 읽는 의무를 스스로 떠안는 자이다. 책을 소유하고 있는 자는 책 소유자이지 독자가 아니고, 마찬가지로 책을 구매한 자는 책 소비자이지 독자가 아니다. 독자의 조건으로 부여된 (독서의) 의무가 책 소유자나 책 소비자에게는 없다. 책 소유자나 소비자에게 독서를 강요할 수 없다. 소비자는 권리만 있고 의무는 갖지 않은 자이다. '소비자는 왕'이라는 슬로건이 책 소비자에게만 적용되지 않을 리 없다. 책 소비자 역시, 다른 공산품의 소비자와 마찬가지로, 자기가 구매한 책을 어떻게 소비하든 상관없이 소비자의 이름과 소비자로서의 지위를 잃어버리지 않는다. 독자라는 이름과 독자로서의 지위를 확보하고 유지하기 위해서는 독서의 의무를 수행해야 하지만, 소비자의 이름과 소비자로서의 지위를 확보하고 유지하기 위해 감당해야 할 의무는 없다. 자기가 구입한 책을 어떻게 사용하든 그것은 소비자인 그의 자유다.

텔레비전 드라마나 출판사의 홍보에 영향을 받아 소설책을 구매한 사람이 그 책을 실제로 읽는 비율이 얼마나 되는지에 대해 우리는 어떤 통계도 가지고 있지 않다. 책의 성격과 개인의 취향 및 수준에 따라 다르겠지만, 책 읽기가 독서라기보다 소비의 한 방법으로 받아들여지고 있는 측면이 있다. 단언하기는 어렵지만, 상당히 많은 이들의 무의식 속에 ('책을 읽고 있다'가 아니라) 책을 읽음으로써 자기들이 구입한 책을 소비하고 있다는 생각이 자리잡고 있을 가능성이 있다. 소비의 한 방법으로 읽는 것이다. 읽는 것이 소비의 방법인 셈이다.

0

소장을 위한 책 소비 경향 역시 이와 무관하지 않다. 책의 팬시화 현상, 작품의 경량화 추세가 이 경향을 뒷받침하는 것으로 보인다. 책의 물질성과 관련되어 있는 소장에 대한 욕구는 책의 역사와 그 기원을 같이하고 있기 때문에 섣불리 비난할 수는 없지만, 읽기 위해서가 아니라 소장하기 위해서 책을 사는 도서 구매자들의 행위가 소비의 한 패턴으로 자리잡고 있는 현실은 어딘가 수상해 보인다. 눈에 보이는 물질로서의 책 속에 담긴, 눈에 보이지 않는 문학(작가의 세계인식 같은)이 자극하는 것은 독서욕이지만, 눈에 보이지 않는 문학(작가의 세계인식 같은)을 담고 있는 눈에 보이는, 물질로서의 책이 유인하는 것은 소비욕이다. 우리는 문학은 보이지 않고 겉모양인 책의 형태만 두드러지는 시대를 지나가고 있다. 책의 외양, 예컨대 형태와 부피와 촉감 등은 현대 소비자들의 감각에 맞춰지고, 내용은 점점 가벼워진다. 눈에 보이지 않는 것들은 눈에 보이지 않기 때문에 무시되고, 눈에 보이는 것들은 눈에 보이기 때문에 강조된다. 이런 소비자들의 취향은 생산에 직접적으로 반영된다. 창작에도 영향을 미치지 않을 수 없다. 소비자의 선택을 받기 위해 책들은 유혹적이지 않으면 안 된다. 눈에 잘 띄게 장식하고 메이크업하고 전시된다. 이런 시장의 매대에서 '작가-독자'의 구도는 점점 희미해진다.

0

인간이 문학을 발명한 이래로 오랫동안 문학의 이름을 독차지했던 운문이 소설에게 그 앞자리를 내준 것이 장르에 대한 문학적 판단 때문이 아니라 수요자의 숫자, 즉 시장의 선택이었다는 역사적 경험은 이런 문학 시장의 변화 앞에 있는 소설의 운명에 대해 그다지 유쾌하지 않은 예감을 갖게 한다. 문학적 평가를 선택의 중요한 기준으로 삼지 않는 시장의 사용자들을 향해 소설을 써야 하는 소설가의 고뇌가 없을 수 없다. 이것이야말로 우리 시대의 소설가가 맞닥뜨린 유혹이고 위협이다.

시장을 의식하는 소설을 쓰지 않을 수 있는가. 시장의 요구에 부응하는 소설을 쓰지 않을 때 소설가는 생존할 수 없는데, 시장의 요구에 부응하는 소설을 쓸 때 소설가는 소설가일 수 없다고 조성기의 이 진지한 소설 독자는 꾸짖는다. 딜레마는 이렇게 찾아온다.

그래서 다시, 1991년 조성기의 중편소설 〈우리 시대의 소설가〉 속 소설가를 집요하게 괴롭혔던 독자-소비자의 존재를 그리워하게 된다. 소비자를 가장한 독자. 소설가에게 상품 생산할 생각 말고 문학을 하라고 강요하는 편집증적 소비자. 아마도 그 소설 속 소설가도 시장의 유혹과 위협 앞에서 문학을 지키기 위해 그런 야무진 독자-소비자를, 거의 필사적으로 만들어냈을 것이다. 1991년의 소설가도 버거워했던 그 유혹과 위협을 21세기의 소설가가 감당해낼 수 있을까.

결코 낙관적이지 않다. 그렇지만 생각해보면 낙관적이었던 적은 별로 없었고, 크고 작은 정도의 차이를 제외하고 말하면, 그런 유혹과 위협 앞에서 때로는 긴장하고 때로는 초연하게 써온 것이, 그처럼 아슬아슬한 것이 문학이었다. 그 집요한 독자-소비자(소설가의 내부에 있든, 바깥에 있든)의 목소리에 얼마나 귀를 내줄 수 있는가가 관건이 될 것이다. 그런데 그런 목소리가 아예 들리지 않으면 어쩌지?

회사라는
권력 아래
비—인간

우화는 무심하게 지나가는 행인들의 발과 귀를 잡아보려고 외치는 누군가의 확성기 같은 것이다. 누가 확성기를 들고 거리로 나오는가. 다른 사람에게 해줄 말이 있는 사람이다. 다른 사람이 보거나 듣지 못한 무언가를 보거나 들은 사람이다. 혹은 보거나 들었음에도 우둔해서든 귀찮아서든 영악해서든, 아니면 다른 어떤 이유가 있어서든, 보지 않거나 듣지 않은 것 같은 태도를 취하는 대부분의 사람과는 달리 보거나 들어놓고 보지 않거나 듣지 않은 양 하지 못하는 사람이다. 확성기를 든 사람에게 사실, 즉 보고 들은 것의 상세한 재현은 느리고 장황해서 비효율적이다. 모든 예언과 묵시가 리얼리즘을 건너뛰는 것은 이것과 무관하지 않다.

서유미는 세계의 모순과 문명의 비참을 알리는 데 우화가 유용하다는 걸 알고 있는 작가다. 이 소설의 작가는 카프카처럼 고민하고 조지 오웰처럼 예언한다. 존재가 희미해진 익명의 개인에게 가해지는 세계-구조의 압도적 위력을 일깨운다는 점에서, 세계-구조는 이미 있고 먼저 있으며 결코 바뀌지 않고 다만 사람을 바꾸려 한다는 사실을 알리려 한다는 점에서, 사람은 점점 왜소해지고 당분간만 사람(〈당분간 인간〉)이다가 마침내 사람 아닌 것에게 사람의 자리를 내주고 사람 아닌 것이 되어간다(〈저건 사람도 아니다〉)는 사실을 경고한다는 점에서 카프카와 조지 오웰은 서유미 소설의 독서를 위해 유용한 참조가 된다.

0

현실에서 눈을 떼지 않는 자가 미래를 본다. 현실을 자세히 잘 들여다보는 자가 미래를 자세히 잘 본다. 비유하자면, 미래는 현실 속에 웅크리고 동면 중인 곰과 같기 때문이다. 자고 있는 곰은 언젠가 깨어나기 마련이다. 20세기 작가들에 의해 실체를 알 수 없는 거대한 성이나 관청이나 빅 브라더로 암시된, 인간을 인간 아닌 것으로 만들어버리는 이 압도적인 세계-구조의 진짜 이름은 21세기의 작가 서유미에 의해 '회사'라고 분명하게 명명된다. 이 세계의 유일한 천장인 자본주의 아래서 회사는 무소불위하고 전지전능하다. 판단의 근거이고 생각의 중심이고 행동의 목적이고 원인이다. 다른 권력들을 손아귀에 쥔 유일한 권력이다. 회사는 시키고 부르고 감시하고 평가하고 판결한다. 당신이 신이나 절대 권력을 쥔 과거의 독재자를 떠올렸다면 현실 속에 웅크린 채 동면중인 곰을 보지 못했다는 지적을 피하기 어렵다. 회사는 이전 시대에 신이나 독재자에게 부여되었던 모든 속성들을 이어받았다.

《당분간 인간》, 서유미, 창비, 2012년.

0

서유미의 소설은 간밤에 폭설이 내려 길이 없어졌음에도 불구하고 출근해야 하는 평범한 회사원을 보여준다. 당신이 회사에 소속되어 있다면 폭설로 길이 없어졌어도 회사에 출근해야 한다. 눈을 치우며 길을 만들어가면서라도 출근해야 한다. 출근은 당신이 회사에 소속되어 있는 사람이라는 확실한 표식이다. 출근은 회사원에게 내려진 지상명령과 같다. 회사의 지시는 거두어들여질 수 없고 회사원은 거역할 수 없다.

불가능해도 해야 한다. 이 불가능 속에는 천재지변(폭설)도 포함된다. 예외는 없다. 자연이 하는 일조차 알리바이가 되지 않는다. 회사원은, 국가에 대해 국민이 그런 것처럼 회사에 예속된 이름이기 때문이다. 국민이 국가의 일원인 것처럼 회사원은 회사의 일원이다. 회사를 이루지만 회사를 이끌지는 못한다. 나사가 기계를 이루지만 기계를 이끌지 못하는 것과 같다.

서유미의 소설 속 주인공들의 행위(〈스노우맨〉에서의 출근이나 〈삽의 이력〉에서의 땅파기 혹은 땅 메우기나 〈타인의 삶〉에서의 감시와 같은)의 의미나 목적은 말해지지 않는다. 그들은 자기가 하는 일의 의미나 목적을 성찰하지 않는다. 그럴 필요가 없기 때문이다. 그럴 자격이 없기 때문이다. 서유미의 소설에 나오는 회사원은 회사의 일을 하는 사람이 아니라 회사가 하라는 일을 하는 사람이다. 그들의 일은 보직에 따라 맡겨진 개별적인 업무가 아니라(그런 것은 없다. 있더라도 고유하지 않다) 시킨 일에 대한, 그것이 무엇이든 성찰하지 않고 하는, 무조건의 복종이다. 이 일은 의미나 목적이 요구되지 않는 유일한 일이다. 자본주의 천장 아래서의 일의 개념에 대한 변질과 그로 인한 인간(됨)의 사라짐은 이 작가의 소설에서 특징적으로 발견되는 주제이다.

소설 속 한 회사원은 지상명령인 출근을 위해 눈을 치우며 나아가다가 죽어 눈 속에 파묻힌다. 개인의 죽음은 눈 속에 파묻혀 은폐된다. 순교나 순국의 외양을 띤 이 죽음을 순직이라고 해야 할까. 이 묵시록과도 같은 우화에서 현실 속에 웅크린 채 동면 중인 곰을 보지 못한다면 우리는 서유미의 소설을 잘 읽었다고 할 수 없다. 확성기를 든 사람이 외치는데도 발과 귀를 멈추지 않는 우리는 우둔하거나 무신경하거나 영악하다.

격렬하게 아무것도 안 하고 싶다

0

2016년 3월 한국의 한 호텔에서 이세돌은 구글이 만든 인공지능 알파고와 바둑 대결을 벌여 1승 4패를 했다. 이 1승은 인간이 알파고를 상대로 거둔 유일한 승리이다. 이 세기의 대결은 전 세계에 생중계되었는데, 인상적이었던 것은 손이 없는 알파고를 대신해서 바둑판에 착수를 해주는 사람의 손이었다. 보도에 의하면 그 손의 주인은 알파고를 만든 구글 딥마인드 소속 대만인 아자황이라고 한다. 아마추어 바둑 6단인 그가 그 대국에서 한 일은 인공지능 알파고의 손이 되어, 알파고의 지시에 따라 바둑판에 돌을 놓는 것이었다. 그는 정말 그렇게 했고, 그것 말고는 아무것도 하지 않았다. 그는 손 말고는 없는 사람이었는데, 그 손은 그의 손이 아니고 알파고의 손이었다. 그는 대국이 끝나고 난 후의 관례적인 복기도 하지 않았다. 하기야 그는 대국자가 아니고, 복기할 자격이 없으니까 복기를 하지 않는 것이 맞다. 그는 로봇 같았다.

서유미의 소설집 《당분간 인간》(2012, 창비)에는 자본이 세계를 지배한 사회를 진단하고 비판하는 단편소설들이 여러 편 실려 있다. 그의 소설들에서 사회를 지배하고 인간을 통제하는 무소불위의 권력은 정부나 독재자나 군대가 아니라 '회사'로 호명된다. 이 흥미로운 소설집에 실린 한 단편의 제목은 '저건 사람도 아니다'인데, 사람의 일을 돕기 위해 만들어진 인공지능 로봇이 점차 인간의 중요한 일을 맡아 하게 되고, 사람은 허드렛일만 하는 상황이 펼쳐진다. 인공지능 로봇은 능력만 있는 것이 아니라 매력까지 가진 것으로, 인간은 능력만 아니라 매력도 없는 것으로 그려진다.

우리는 우리의 필요와 편의를 위해 만들어낸 것의 지배를 받는다. 중독 증상의 대부분은 인간이 인간의 필요와 편의를 위해 만든 것에 지배받는 전도된 현상을 도드라지게 보여주는 예라고 할 수 있다. 가령 도박이나 게임, 인터넷, 알콜, 포르노, 그리고 스마트폰까지 어느 것 하나 인간의 필요와 편의에 의해 만들어지지 않은 것이 없다. 인간은 이렇게 하면 편할 텐데, 이렇게 하면 시간을 절약할 수 있을 텐데, 이렇게 하면 힘 안 들이고 능률을 올릴 수 있을 텐데, 이렇게 하면 돈을 더 많이 벌 수 있을 텐데, 이렇게 하면 재미있을 텐데, 하며 이런저런 것들을 상상하고 발명하고 개발하고 탐닉하고, 그 결과 자기도 모르는 사이에 그것들의 지배를 받는다. 이 지배의 과정이 어찌나 자연스럽고 유연한지 대개의 경우 의식하지도 못한다.

0

"아무것도 안 하고 싶다…… 더 격렬하게 아무것도 안 하고 싶다."

계산대에 앉은 여자가 속사포처럼 빠르게 묻는다. "마일리지 있으세요? 포인트 카드 있으세요? 할인 되는 카드 있으세요?" 단호한 표정의 남자 고객은 말한다. "아무것도 안 하고 싶다. 더 격렬하게 아무것도 안 하고 싶다." 남자의 표정은 무슨 선언문을 낭독하는 것처럼 엄숙하기까지 하다. 몇 년 전에 한 카드회사가 만들어 내보낸 광고의 한 장면이다.

너무 복잡해진 스마트폰은 인간을 기계와 소비의 종으로 만든다. 유용한 면이 없지 않지만, 꼭 필요한 것인지 의심스러운 것들이 더 많다. 편리를 위한 인간의 필요보다 이익을 위한 인간의 욕망이 더 크고 억세다. 통제 불능에 이른 오늘날의 자본주의는 필요하지 않아도, 필요와는 상관없이, 돈을 벌 수 있다면 무엇이든 만들어낸다. 싸우기 위해서 무기를 만드는 것이 아니라 무기를 팔기 위해 싸움을 벌이기도 하는 것이 인간이다. 인간의 필요가 제품을 만들어내는 것이 아니라 자본주의의 기술이 인간의 필요를 만들어낸다. 필요는 발명된다.

《피로사회》의 저자 한병철은 자기 스스로를 자발적으로 착취하게 하는 신자유주의의 착취 방법을 폭로한다. 그는 우리가 착취당한다는 의식 없이 자발적으로, 기꺼이, 즐기면서 자신을 착취한다고 알려준다. 자본이 주인인 세상은 사람에게 더 하라고 하고, 더 가지라고 하고, 더 즐기라고 하고, 더 출세하라고 한다. 더 하는 것을, 더 가진 것을, 더 즐기는 것을, 더 출세하는 것을 세상에 보여주라고 한다. 옷으로 몸으로 자동차로 SNS로 전시하라고 부추긴다. 그것을 통해 표면적으로 우쭐해진다는 것은 거짓이 아니다. 그러나 그 표면적 우쭐함이 내면을 깎아내고 파내고 공허하게 함으로써 이루어진다는 진실은 이야기되지 않는다. 인간의 소외는 소외되기이면서 동시에 소외시키기다. 소외의 주체와 객체가 같다. 발부터 시작해서 머리까지 자기 몸을 먹어치우는 상상 속의 동물 카토블레파스를 우리는 마리오 바르가스 요사의 책(《젊은 소설가에게 보내는 편지》)에서 읽었다. 그는 소설가의 운명을 이 동물에 비유했는데, 즐기면서, 즐기는 방법으로 자기를 착취하는 한병철의 현대인을 비유하는 데 이 상상 속 동물은 손색없어 보인다.

0

카프카의 단편 〈단식 광대〉에는 서커스장에서 밥을 굶는 것 말고는 아무것도 하지 않는 사람이 나온다. 구경꾼들은 무언가 특별한 것을 매우 역동적으로 '하는' 것을 보여주는 사람들을 보려고 서커스장에 간다. 이를테면 불을 지나가든가 입에서 불을 내뿜든가 공중에서 그네를 타든가 접시를 돌리는 사람들. 그런데 그 모든 '하는' 사람들 가운데서 단식 광대만은 아무것도 '하지 않는'다. 아무것도 하지 않는 것이 그가 하는 일이다. 그는 왜 아무것도 하지 않는가? 그는 왜 밥을 먹는 일을 하지 않는가? 그는 말한다. "나는 이 단식을 하지 않을 수 없었어. 왜냐하면 내 입에 맞는 음식이 없었기 때문이야."

이 사람의 말은, 먹을 것이 넘쳐나는 세상을 사는 우리에게 입에 맞는 음식을 먹고 있는지 질문하게 한다. 우리는 '내 입맛'이라는 것을 가지고 있기나 한 것일까? 우리가 즐겨 먹는 음식이 없지는 않다. 맛있는 음식이 어느 시대보다 많다. 그런데 그것들, 우리가 맛있게 먹는 그 음식들은 정말로 내 입에 맞는 음식일까? 그 맛은 내 입맛일까? 모든 욕망을 모방과 경쟁에서 비롯한 것으로 이해하는 르네 지라르는 내 입맛에 대해 할 말이 없을까?

입에 맞는 음식만 먹는다는 것, 내 입에 맞는 음식이 아니면 먹지 않는다는 것은 타인의 입맛이 아니라 주체적 입맛에 따라 음식을 선택한다는 뜻이다. 유혹과 중독, 모방 충동에 따라 불필요한 필요와 가짜 욕망을 만들어내는 것이 아니라 자기 필요와 욕망에만 충실하다는 뜻이다. 자기 삶의 주인이라는 뜻이다.

모든 곳이, 심지어 가상공간까지를 포함해서, '하는 것을 보여주는' 거대한 서커스장으로 바뀐 세상에서 이 일이 쉬울 리 없다. 광고 속의 남자가 '격렬하게 안 하고 싶다'는 이상한 문장을 사용한 이유를 이해할 만하다. 이 문장은 모순이다. 격렬하게 할 수는 있지만 격렬하게 안 할 수는 없다. '격렬하게'는 하기 위해 필요한 것이지 안 하기 위해 필요한 태도가 아니다.

이 모순의 문장은 우리가 하지 않기 위해서는 가만히 있어서는 안 되는 시대를 살고 있다는 사실을 시사한다. 무언가를 하지 않기가 어렵다는 것을 암시한다. 하지 않기 위해 '격렬함'이 필요하다는 것을 깨우친다. 무빙워크 위에 올라선 사람은 아무것도 할 필요가 없다. 아무것도 하지 않으면 무빙워크가 어딘가로 우리를 데리고 간다. 욕망에 저항하기가 어렵다는 것, 시대와 세상이 요구하는 것을 하지 않기 위해서는, 그러니까 단호함이 필요하다는 것, 격렬함이 요구된다는 것이 이 문장의 핵심이다.

소설가의 귓속말

1판 1쇄 발행 2020년 3월 31일
1판 4쇄 발행 2020년 10월 20일

지은이 · 이승우
펴낸이 · 주연선

총괄이사 · 이진희
책임편집 · 백다흠
표지 및 본문 디자인 · 이다은
책임마케팅 · 이선행
마케팅 · 장병수 김진겸 강원모
관리 · 김두만 유효정 박초희

(주)은행나무
04035 서울특별시 마포구 양화로11길 54
전화 · 02)3143-0651~3 | 팩스 · 02)3143-0654
신고번호 · 제 1997—000168호(1997. 12. 12)
www.ehbook.co.kr
ehbook@ehbook.co.kr

ISBN 979-11-90492-50-8 (03810)